KB117533

하루하루
기분 좋아져라

하루하루 기분 좋아져라

지은이 정헌재
펴낸이 임상진
펴낸곳 (주)넥서스

초판 1쇄 발행 2014년 1월 10일
초판 15쇄 발행 2017년 11월 15일

2판 1쇄 발행 2018년 5월 5일
2판 2쇄 발행 2018년 5월 10일

출판신고 1992년 4월 3일 제311-2002-2호
주소 10880 경기도 파주시 지목로 5
전화 (02)330-5500 팩스 (02)330-5555

ISBN 979-11-6165-340-2 03810

가격은 뒤표지에 있습니다.
잘못 만들어진 책은 구입처에서 바꾸어 드립니다.

* 이 책은 『하루하루 기분 좋아져라』의 개정판입니다.

www.nexusbook.com
넥서스BOOKS는 (주)넥서스의 실용 전문 브랜드입니다.

페리의 감성생활 CARTOON

하루하루 기분좋아져라

글·그림·사진
정헌재(페리테일)

넥서스BOOKS

그림이 모자라서 글을 얹었고,

그 글로도 부족해서 사진을 하나 더 얹었어요.

하나로 모든 것을 보여 줄 수 있다고 우기던 때가 있었어요.

그게 왜 안 될까 머리를 쥐어뜯고

자신을 한없이 불쌍하게 만들던 때가 있었죠.

하지만 세상을 조금 더 살며 나이를 먹다 보니 꼭 그럴 필요가 없음을,

그렇게 낑낑댈 필요가 없음을 알게 되었어요.

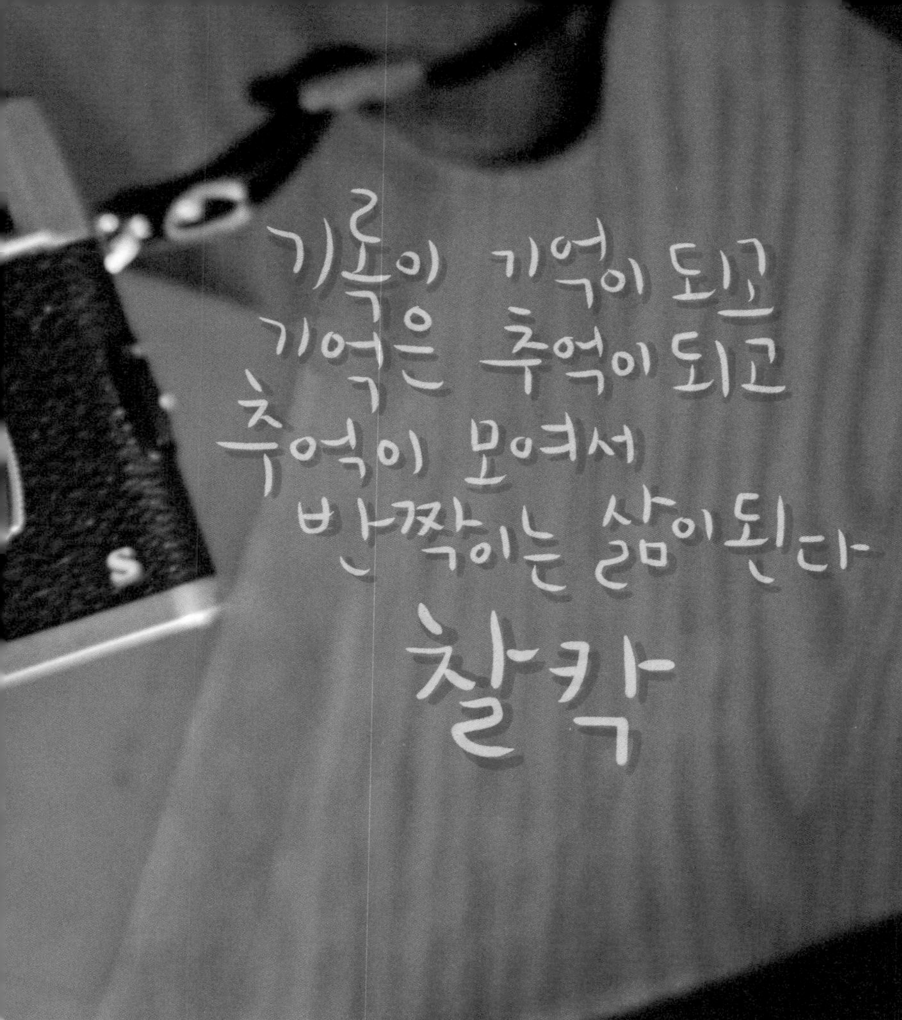

모자라는 게 있으면 그냥 조금 더 얹으면 되는 거예요.
내가 가진 것들이 요만큼이면 그만큼에 만족해도,
거기에 조금만 더 얹어도
충분히 기분 좋고 행복할 수 있다는 것을 알았어요.
이 책이 그런 책이 되었으면 좋겠어요.
당신의 삶에 작은 글 한 줄, 작은 사진 한 장, 작은 그림 하나가 얹어져
당신이 기분 좋아졌으면, 당신이 '아주 조금' 더 행복해졌으면 좋겠어요.

당신의 하루하루가
'기분 좋음'이었으면 좋겠어요.

차례
두근두근

그래서 봄,
파사롭게 두근두근

봄 ....

꽃잎을 향해 손을 내밀고

그렇게 하루하루 두근두근

#1

늘어지게
햇살받기

쉼표는 누구도 찍어 주지 않아

늘 볼 수 있다고 생각하지만
한 번도 보지 못할 수도 있어.

언제든지 쉴 수 있다고 생각하지만
한 번도 제대로 쉬어 보지 못할 수도 있어.

아무도 날 대신해서 쉼표를 찍어 주지 않아.

그러니까 바로 오늘,
바로 지금,
하루의 가장 따뜻한 시간을
온전히 나의 것으로 만들어 보는 게 어때?

넌 나의 것이니까

나의 완두콩이니까

내가 웃어 주고
내가 쓰다듬어 주고
내가 안아 줘야지.

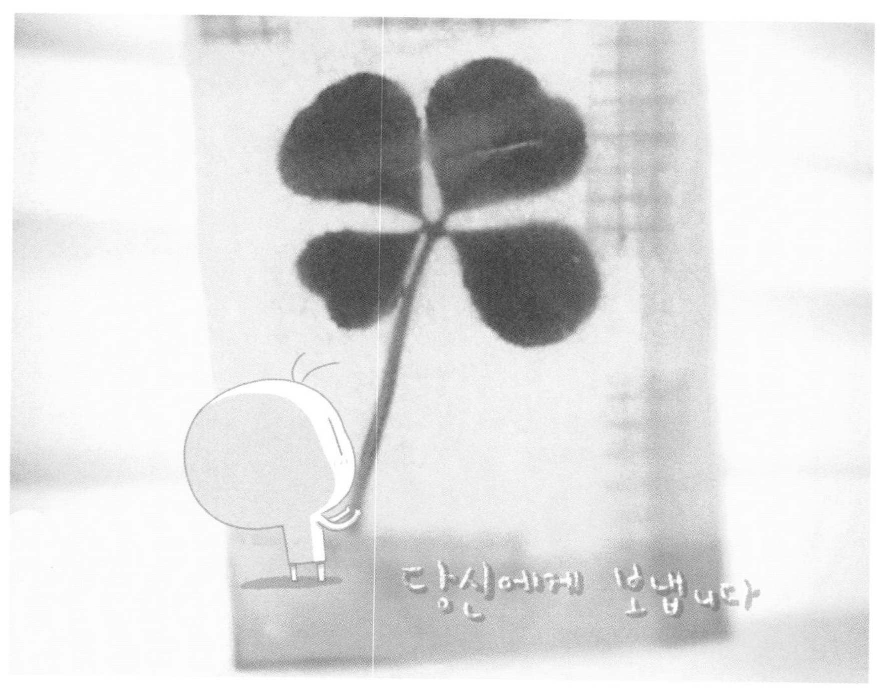

네잎클로버

당신에게 보내는 네잎클로버를 포장하고 있습니다.

따뜻한 햇살 몇 개를 더 담아

같이 보내려고 합니다.

당신의 오늘이 더 따뜻해졌기를 바랍니다.

의미하다고
생각하지 말고
꼭 붙잡고 있어!!

그래도 사랑해

슈웅-

휘익-

팍-
팍-
팍-

이래도
사랑해?

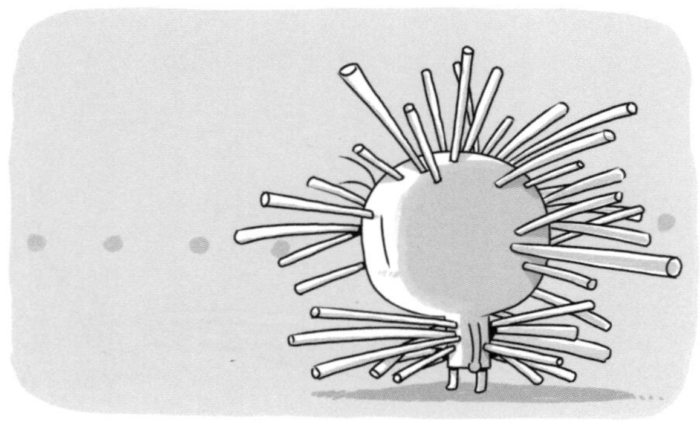

.... 응!

그래서 사랑해야 해

아프기 싫어서 사랑하지 않는 동안,

헤어질까 두려워 사랑을 피하는 동안,

사랑이 있고 없음을 논하는 동안

나의 시간은 저 멀리 흘러가 버릴 거예요.

그리고 내가 사랑할 수 있는 시간들은 줄어만 들겠죠.

그래서!

그래서 지금,

바로 지금,

사랑해야 해요.

사랑한잔

너, 날 수 있어?

너 날 수 있어?

그럼 '너'일 수 있지.
사랑하니까....

내가 '네'가 되는 순간

사랑하는 일

당신 덕분에 활짝 피었습니다.

당신 덕분에 망가진 가슴이 다시 뛰고
당신 덕분에 그늘진 마음에 햇살이 들었습니다.
당신 덕분에 다시 피었습니다.

당신 덕분에 다시, 활짝 피었습니다.

당신 덕분에
활짝 피었습니다

누군가는

누군가에게는 봄이지만,

누군가에게는 겨울이야.

누군가는 마주보고 있지만

누군가는 마주하지 못하지.

누군가는 즐겁게 웃고 있지만

누군가는 슬프게 울고 있지

이런데
세상이
공평하다고?

생각해봐

너의 다음 계절은
봄이 될 테고
너의 다음 표정은
미소가 될 테며....

생각해보면 늘 그랬다.
겨울다음엔 한번도 거르지 않고 봄이 왔고
울고난 다음엔 꼭 웃을 지을 일들이 생겼다.
헤어짐 다음엔 꼭 만남이 있었고
포기하지 않으면
언제나 그 다음 장이 펼쳐지곤 했다.

시간이 흐른다는 건

"시간이 흐른다는 건, 그림자가 다시 네게 돌아오는 거야"
완두콩의 얘기는 틀리지 않았고 그 그림자는
어김없이 내게 돌아와 주었지.

당신에게 황금빛 봄 오후를 보냅니다

딱 그정도만

" 처음부터 너무 큰 컵으로 시작하지마.
그 컵에 가려서 네가 보이지 않아
누구의 것인지 모르게 될 수도 있어.
그리고 채워지지 않는 컵을 보며
금방 포기하게 될지도 몰라 "

" 그리고 처음부터 너무 많은 물도,
필요하지 않아.
담는 것보다 넘치는게 더 많으니까 "

"지금 시작하는 너에게는
적당한 크기의,
작은컵이면 충분해.
그리고 그 컵에 넘치지않을 정도,
목마름에 지치지 않을 정도의 물이면 되는거야"

"이 정도면 충분해!"

봄
마음이 둥둥
그렇게
시작

그 사람 마음

"이걸 정말 옮길 수 있을까?"
나의 물음에 완두콩은
이렇게 얘기했어.
"넌 더 무거운 것도 옮겨본 적이 있잖아,
그 사람 마음 말이야"

마음을 움직여요

어렵다고 생각하면 가장 어려운 일,

하지만 그것이

세상에서 가장 쉬운 일일 수도 있어요.

마음에 꽃을 피워요.

당신의 마음을 데리고 봄 안으로 들어가세요.

나의 길

남의 길로 살지 않고
나의 길로 살아 내기

꽉 막힌길에 핀
꽃 한송이,

"꽉 막힌 지금 이 순간을
잘 이겨 낼 수 있게 해 주는 꽃 한 송이"

"그 꽃 덕분에 봄이 오고,
사랑이 피어나요."

" 머리에 꽃이 피었습니다— "

당신의 모든 순간

어느 날, 생각지도 못한 곳에서
행복을 발견하게 될지도 모릅니다.
어제와 똑같은 오늘인데, 갑자기
어제와 너무도 다른 오늘이 될지도 모릅니다.
똑같은 사람들, 똑같은 일, 똑같은 장소가
단 한순간에 모두 바뀌어 버릴지도 모릅니다.

당신의 가슴에서 올라온 작은 줄기 하나가
당신의 머리에 꽃을 피우는 그 순간,
당신의 모든 순간이 봄이 될 수 있습니다.

그 작은 행복

예전, 폐업하던 비디오가게에서
비디오 테이프 샀던 일이 생각났습니다.
(지금은 다 사라졌지만)

가격도 막 500원, 이렇게 써있어서
신나게 고르기 시작했는데
아주 좋아하던 영화 「트루로맨스」를
발견했습니다.

아저씨가 가리킨 곳에는
'무슨무슨 부인시리즈'
이른바 정통에로물들과(패러디 영화들)
처음본 영화들만 가득….

그래서 사고 싶던 영화들을 고르며
가격을 물어봤는데….

가격이 다 달랐습니다.
그것도 너무 버라이어티하게....

그래서 아저씨에게 가격 차이가 나는
이유를 물어보자
가게주인 아저씨의 대답이
걸작이었어요!

아저씨 이야기가 어찌나 재미있던지
사지 않으려던 영화들까지 손에 가득 집어 들었습니다.

사실 폐업하는 입장에서 결코 유쾌한
상황이 아니었음에도 주인아저씨는
영화이야기를 적절히 섞으면서
참 기분 좋게 장사를 잘하셨습니다.
하나도 깎아주지(-_-) 않으면서도
즐겁고 기분 좋게 말입니다.
아니, 깎아주는 것보다 더 기분좋게....

•
•
•

그날 전, 여러 장의 비디오테이프를 사왔습니다.
그중 10,000원을 주고산 「러브레터」는
아저씨 말에 의하면 '최신화제작' 이었는데,
(-‿-o) 그 '최신 화제작'을
만원에 살수 있어서 참 행복했어요.

그리고 '걸작' 몇개랑 '대작' '명작'
'아저씨 추천작' 등을 「기분 좋게」 사왔습니다.

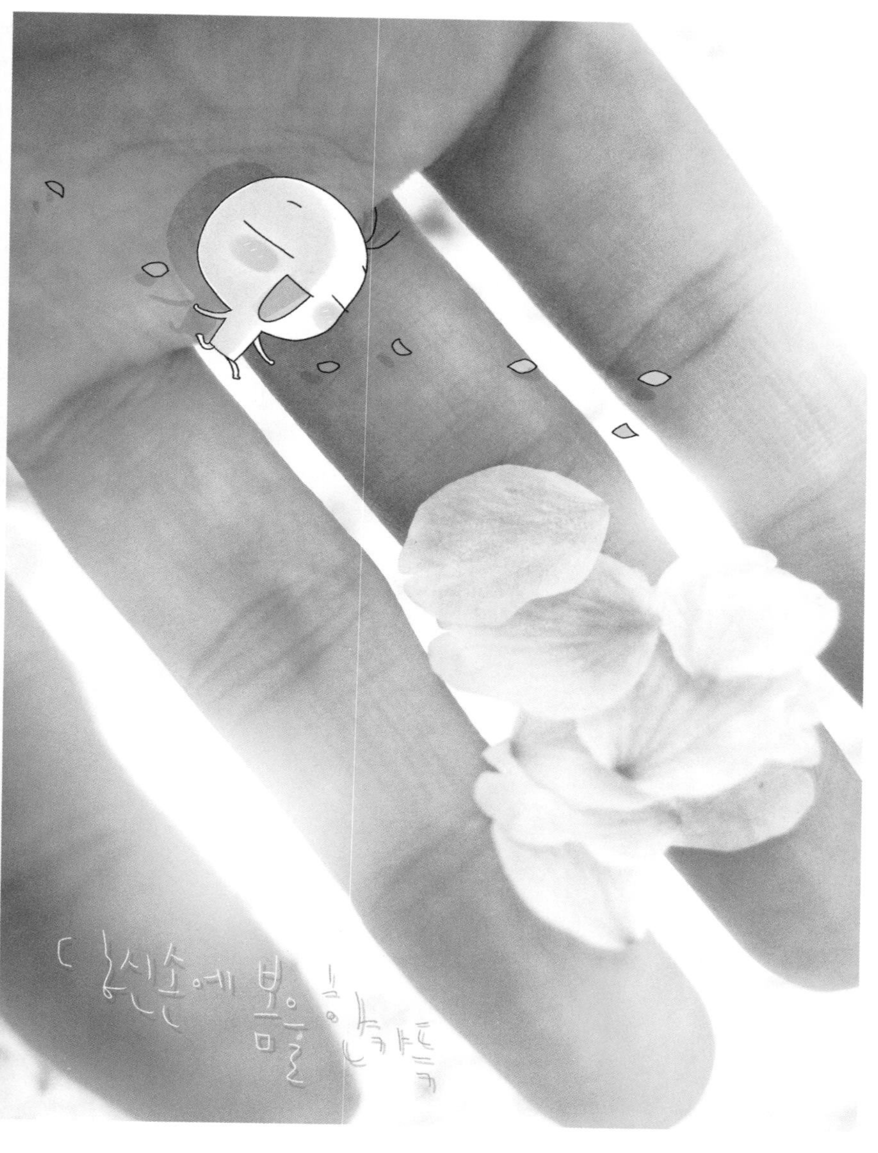
당신 손에 봄을 한가득

그래, 넌 나를 보고 웃어

또
안 됐더라

이제
그만해라

안 되는거
자꾸 해서
뭐하냐!
ㅋㅋㅋ

그래, 넌 나를 보고 웃어.
난 꿈을 보고 웃을 테니까.

손에 꽃을 물고,
그 안에 햇살을
감아주고,
힘들지만
그렇게
살고
싶다.

우리, 그렇게 살아요

봄의 꿈.
꿈의 봄.

봄을 보고 꿈을 꾸고
꿈을 꾸고 봄을 봅니다.

그렇게 살아요.
꿈을 꾸며
그 꿈으로 봄을 살아요.

당신과 나,
그렇게 살아요.

그 무엇도

"이것봐! 이게 최고라고.
그냥 서 있기만 하면 날 데려다준다고!"
라고 말하자
완두콩은 이렇게 답했다.

"그냥 널 데려다 주는 건 아무것도 없어"

천천히
SLOW
너무빨리가지마요! 천천히 심호흡!

행복의 기준

" 지금 갖고있는 것으로 행복하지 않으면
더 많이 갖고나서도
행복하지 않을 걸?"

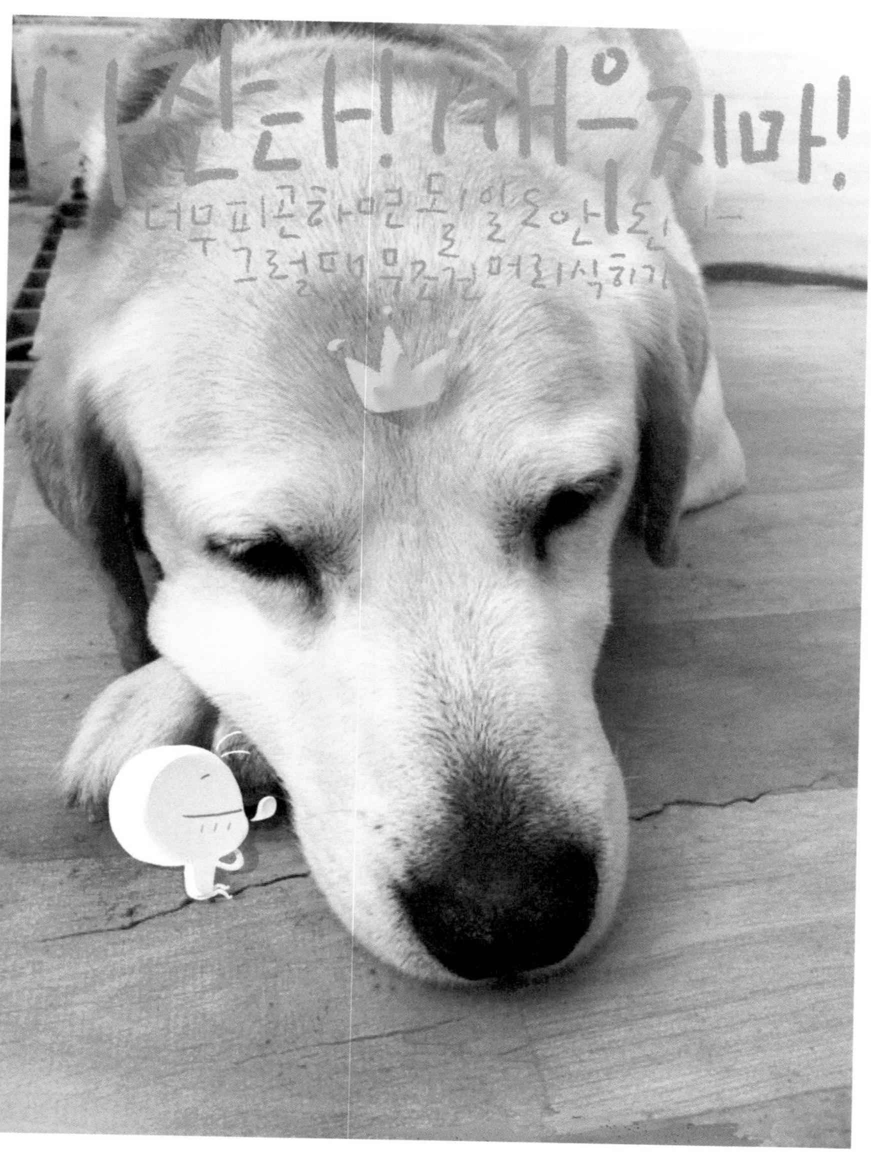
나 잔다! 깨우지마!
너무 피곤하면 될 일도 안 된다
그럴 때 무조건 머리 식히기

물을 주세요

완두콩이 말했다.
"보고 있지만 말고 물도 좀 주고 그래"

나의 완두콩, 나의 작은 완두콩, 나만의 완두콩에 물을 주는 거야.
계속 촉촉하게 내 곁에 있을 수 있게.
말라비틀어져서 흔적없이
사라지지 않게.

당신의 완두콩

내 마음을 나도 어찌하지 못하는 순간이 자주 오면
내 계절에 봄이 찾아오기 힘들어요.

내 생각, 내 마음, 내 꿈.
그 무엇 앞에 '나'를 붙이는 건
적어도 내가 잘 데리고 갈 수 있을 때 가능한 거죠.

내가 어떤 컬러를 쓸지,
내가 어떤 꽃잎을 놓을지,
어떤 마음으로, 어떤 생각으로,
어떻게 살아갈지 스스로 결정해야 해요.

그렇게 하려면 계속 물을 줘야 해요.
말을 걸어 주고, 쓰다듬어 주고 같이 가야 해요.

나의 완두콩이 말라 비틀어져
혼자 마음대로 가지 않도록,
어딘가로 사라져
내가 어떻게 하지 못하는 순간이 오지 않도록
잃어 버리지 말아요.
잊어 버리지 말아요.

그래, 이왕이면
킬러풀 라이프

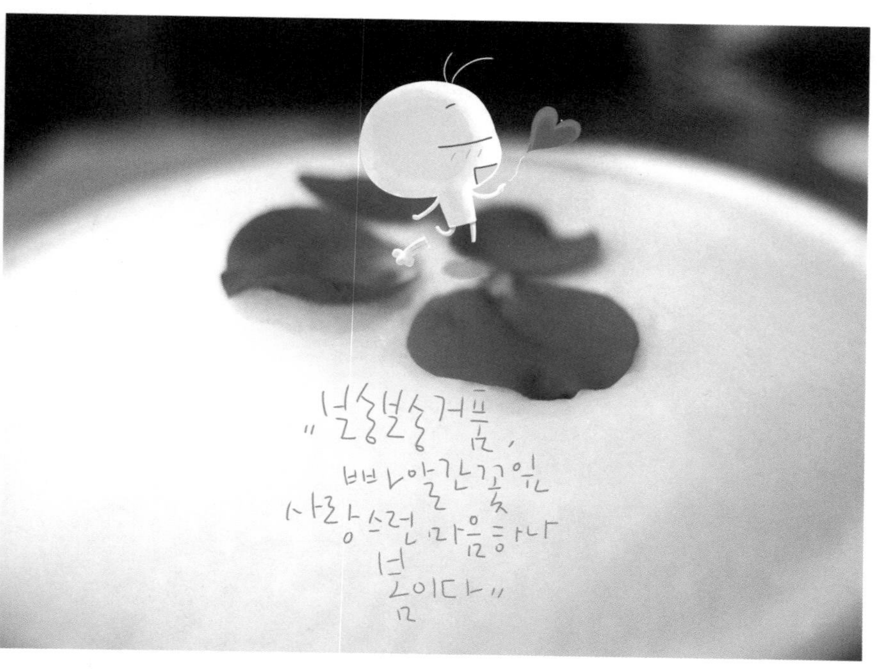
"보송보송 거품,
빠알간 꽃잎
사랑스런 마음 하나
봄이다"

봄이 오는 골목

기다림

당신을 기다리는 중이에요....

"기다리"
ㅁ
기분좋은 기다림
당신을 기다려서....

어두워진 골목에
당신을 위해 불 켜기
마술램프

여기요!

여기 아직 불이 켜져 있어요,
여기 아직 당신을 위한
불이 켜져 있어요.
따뜻함이 들리는 불,
조용히 소리 내는 불
여기 아직
꺼지지 않은,
당신을 위한
불이 켜져 있어요,

그냥 바라만 봐도,
따뜻해지는 거.
그냥 생각만 해도
가슴이
노랗게
밝아지는 거,
그냥,

불을 켜 둔 기다림

불행한 기다림, 즐겁지 않은 기다림,
고통스러운 기다림, 불이 꺼진 기다림.

행복한 기다림, 즐거운 기다림,
마법 같은 기다림, 불이 켜진 기다림.

한 사람은 불을 끄고 기다리고
한 사람은 불을 켜고 기다립니다.

한 사람은 누구를, 무엇을 기다리는지 모른 채 기다리고
한 사람은 누군가를, 정확한 이유로 기다립니다.

불이 꺼진 기다림.
불이 켜진 기다림.

당신의 기다림이
'즐거운 기다림'이었으면 좋겠습니다.

당신이 켜 놓은 불빛이
'행복한 불빛'이었으면 좋겠습니다.

그리고 그 '행복한 불빛'을 보고
당신이 기다리는 그 모든 것이
당신을 발견하고 찾아갈 수 있었으면 좋겠습니다.

그러니까 여름,

파란바람으로 두근두근

여름,
내 안을 통과하는 파란실,
그 모든 바람으로 하루하루 두근두근.

#2

따뜻한 세상

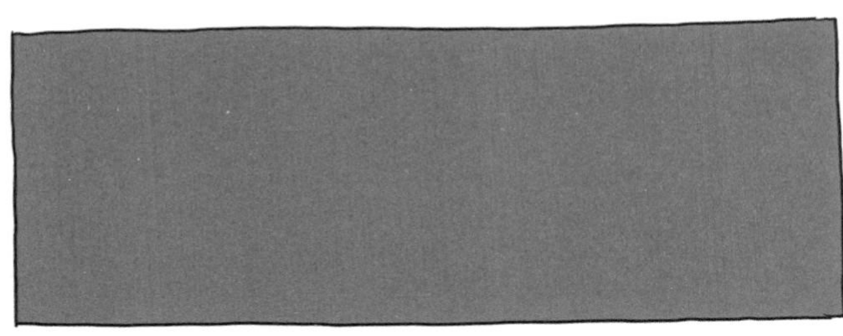

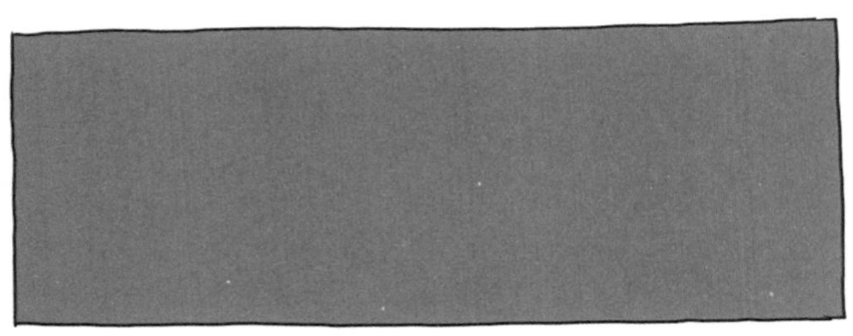

잔인하지만 그래도 겁나게 따뜻한 세상

잔인한 빨강 말고
따뜻한 빨강

그늘
어지럽고
복잡한 세상
잠시 이 그늘속에
들어와 쉬어보세요

오해

언젠가부터....

동네 아주머니들의....

눈빛이....

이상해졌다.

뭔지는 모를 그런 아련돋는 눈빛들....

갑자기 폭풍 궁금증이 몰아닥쳤다!!!

(B형이지만) 트리플 소심형 캐릭터인 나는
궁금증과 걱정으로 폭발할 지경!!

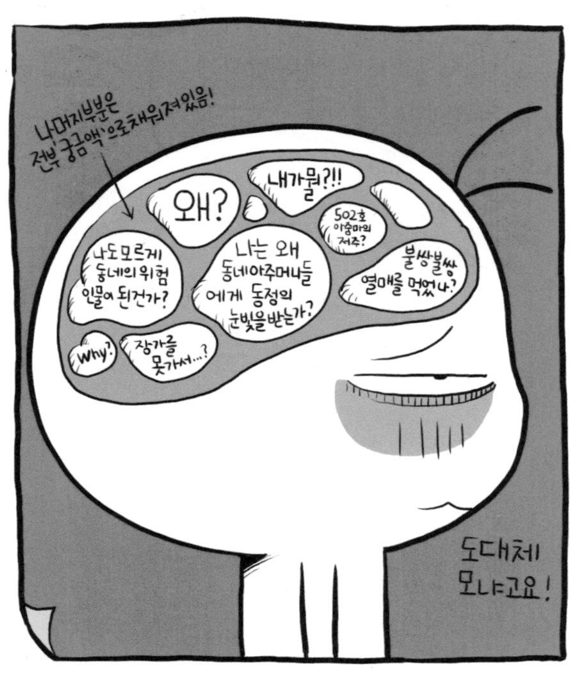

그렇게 궁금증이 대기권을 뚫을 즈음
이유를 알게 되었는데....

<밤새 일하고 오후 1시 30분쯤 기상>

<눈팅팅, 꾀죄죄 꾸러기로 방을 나갔더니
한참 동네부녀회 분들이 이야기 꽃을....
우리집 = 동네사랑방, 엄니 = 동네 반장님 & 동네큰성님 - -ㅿ>

☆ 내가 그림 작업하는 것을 엄니는 묶어서 '컴퓨터'라 부름.

엄니,
그 다음은…
다른 이야기들

어머니!
그다음
이야기도
해주셔야죠!
헉
거기서 끊으시면..
전…

대왕백수 +
컴퓨터 폐인
전 컴퓨터로
일을 하….

<순식간에 나이 ↑ 꽉찬 백수에
밤새 컴퓨터나 하고
오후에 어슬렁 더슬렁 일어나서
엄니 등골 빼먹는 캐릭터로 등극!!!!>
(+ 장가도 못가고....)

순간, 날아오는 안쓰런 눈빛들.
괜찮아! 그냥 오해니까....
괜찮아!
괜찮아!

며칠 뒤....

그동안 냈던 책 대량구입 -_-;
실은 엄청나게 신경쓰고 있었....

생각해보면 '큭큭큭'
웃음이 나오는 오해

시원하게 다 해결되라

알싸한 첫 축가의 추억

열
형!
나 결혼해요!
오오오, 열!
축하해!
노래방 멤버 중 하나였던
'열군'의 결혼 소식!

웨딩 사진 찍을때 불러,
나도 같이 가서
찍어줄게!

그리고 축가를 부르게 되었습니다.

아! 결혼식 축가!

축가하면 잊지못할
에피소드가 있는데....

처음으로 축가를 부탁받았던 그 때.

일단 OK를 했는데, 우아아아!
너무 부담스러운 거예요.

그때부터 각종 축가동영상 검색.

검색, 또 검색, 또 검색

결혼식 날짜가 다가올수록 다크서클은 깊어지고….

헉!
뭐시라?
응! 자기야!
걱정하지마!
친구가 옛날에 노래했었어
완전 가수야!

야! 내가 무슨 가수야!!!
그냥 친구들끼리 기념삼아
하는 거지!!
그렇게
말하면
어떡해!!
하하하하
걱정마!
이미 아무
생각없음

잘해 줄거지, 친구야!
망치면 내 결혼식
니가 다 책임져야 해
하하 하하
사랑해 친구야!!
엄훠~ 축가 때문에
이 결혼식 망쳤어!
깔깔깔
잘할수있을까?
지금이라도
안하면
안될까?

이런 악몽을 꾸기도 하고 그랬습니다.
(아무도 압박하지 않는데 혼자 압박을……ㅠ-ㅠ)

그리고 제게는
또 하나의 난관이 있었는데

그것은 바로 초특급 비염!

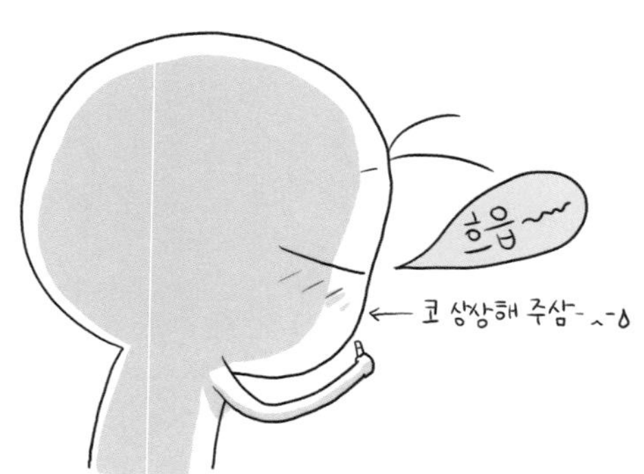

<코에 대고 살짝 흡입하면 강한 향(?)같은 게
화악 올라와서 한동안 코가 뻥 뚫려요!>

그래!
연습도 많이 했고
순간 비염(코막힘)
탈출 아이템도
장만했으니!
괜찮을 거야!
꿀꺽!
떨지마!
니가
결혼하냐

드뎌 결혼식 날.

다음 순서는
축가입니다.
하아!
이제
준비를…
두근두근두근
두근두근두근
후들
후들

일단 코 뚫리게
살짝....
두근두근두근
퐁!

헉!
좀 지나갈게요!
흐으으읍!!
탁

지나가던 사람이 팔을 탁! ~치는 바람에
뚜껑을 살짝 열고 냄새만 맡아야 되는
강력한 용액이 절반 이상 코로 들어갔습니다!

코가 떨어지는 것 같고 눈물이 펑펑 났습니다!

그래서 「폭풍 눈물 속 첫 축가」를 ....
(긴장따위는 개나 줘버리라고 해 ㅠㅅㅠ
코가 너무 맵고 눈물이 주륵주륵 흘러서
떨리고 그런 거 느낄 새도 없었다능!)

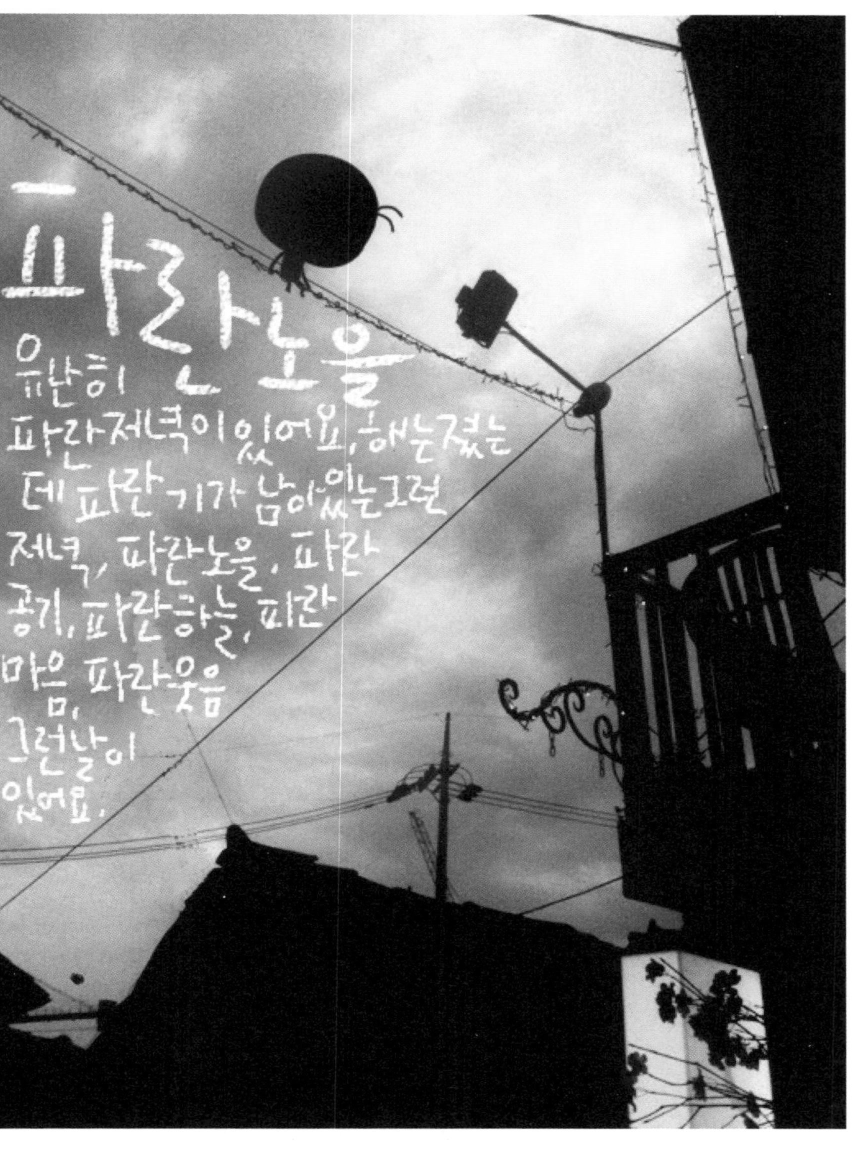
파란노을
유난히
파란저녁이 있어요. 해는 졌는
데 파란 기가 남아있는 그런
저녁, 파란 노을, 파란
공기, 파란 하늘, 파란
마음, 파란 웃음
그런 날이
있어요.

부기 스타일

우린 그때 (산악인) 부기가
정말 히말라야라도 가는 줄 알았어요!

하지만 등산 장비들은 곧 중고판매로.... ㅡ_ㅡ;
(텐트는 옥상에서 두 번 쳐 봄)

보드계의 풍운아 '플라잉 부기맨'도
결국 1시즌 2회로 끝이 났고,

분노의 질주머신 '로켓부기'시절도....

폭발하는 파워의 배드민터너 -_-;

'파워콕 부기셔틀' 시절도....

그냥 눈 깜짝할 사이에 지나갔죠.

이번에는 부기가 자전거를 샀습니다.

그 날부터, 부기는 달라졌습니다.

매일같이 자전거로 폭풍 출근을 하기 시작했죠.

야! 부기 왜 이렇게 안오냐?
응!
전화해봐!
그리고 우리 모임이 있던 어느 날....

삼겹살 8,000 날개살 8,000
뒷다리살 9,0
앞다리살 9
조금만 기다려 금방간다!
어디냐?

야! 얘 자전거 타고 오는거 아냐?
금방온대 금방온대
어디래?

쏴 아아아아아 아아 ―
야~ 비가 이렇게 많이오는데... 설마..
그리고 거리가 ....

쿵ㅡ
김치찌
삽겹
드르륵
나...
나 왔다

헉!
야! 너 자전거 타고 왔냐?
내...
내가...
얘..기
했지

엄청난 폭우를 뚫고 편도 40Km를 달려온 부기는
모임 장소에 오자마자 장렬히 전사했죠.

그 후로도 부기는 한동안
자전거인으로 생활했는데,

자전거인으로 거듭난 녀석의 원동력은
저희들에 대한 애정(?)과
자전거에 대한 애정 덕분이었습니다.

※ 과도한 애정으로 인한 부작용

- 출근하자마자 에너지 고갈 상태.
- 엔진 무게(-_-;)를 줄이고 성능을 향상시키겠다며 헬스등록, 골드 -100.
- 피곤한데 헬스까지 하느라 체력 -100.

미끄러지기

한여름밤
조용조용한 여름밤
시원한 아이스커피 사
각거리는 얼음 한 조각
골목 가득 사람들의 웃음
소리 이야기 소리 바람
소리 뜨거웠던 한낮의
짜증이 날아가는 소리
당신에게로 이 한여름밤
기분 좋은 소리들을 보냅니다.

그 집

친구 빈이가 작업실을 옮겼다.

오오오
좋아좋아!
자!
툭

하하하
좋아좋아!
바로
이거야!
이런 인스턴트의
왕 같으니라고....
그렇게
좋냐?
빈이 넌,
죽어도 안 썩을거야!
방부제 많이
먹어서....

『마가양무』는 빈이작업실 방문자들이 꼭 지켜야 하는 일종의 방문수칙인데 『**마**음은 **가**볍게 **양**손은 **무**겁게』 ㅡ_ㅡ;

빈이는 특히 깡통류, 인스턴트 종류의 식량을 좋아하는데
주로 우리들에게 협찬(이라고 쓰고 강탈이라고 읽는다 ㅡ_ㅡ;) 받는다.
협찬받는 이유는?

아주 오랫동안 혼자 생활한 빈이에게는
나름의 법칙이 있다.

연락없이 갑작스럽게 오는 것은 NO!

늦게 자고 늦게 일어나더라도 무조건 규칙적으로!
아프면 도와줄 사람도 없으니 (ㅠ^ㅠ) 운동도 꼬박꼬박!

혼자서는 가급적 술마시지 않기,

하루 두 끼 이상, 꼭 밥으로 반찬은 세개이상 먹기! 등등

아무튼 나도 작업실 차려서 독립할 때
빈이의 가르침을 많이 받았지.

거기 도민호피자죠!
여기 ....
예!
피자!

예? 여긴
배달이 안된다고요?

거기 미세스피자죠.
여기 OO읍 OO리....
아! 배달안된다고요?
아.... 피...자

피자핫, 다른 피자집은
근처에 대리점이 없...
너무
외진 곳이다 했어....
아! 동네 피자집 전단!
여기다 시키자!!!
맛있을까?

아니야, 괜찮을거야!
촉이 딱 와! 내가 이 생활
무지 오래 했잖아! 느낌있어!!
이런 외진 곳에 차린 피자집이라면
분명 맛으로 승부하지!!!
오오오오 역시
아마
피자장인
일지도....
내가 또
이런건
귀신이지

20분 후

범상치않은 배달포스! -ㅅ-
하와이안셔츠+금목걸이....

그 집, 서비스로 승부하는 집이었...

야! 여기
중식, 한식
다팔아!!
TㅁT
이런피자
처음이야
꿈틀

기분 풀어요!

어쩔 수 없이

두둥
내가 의도하지 않았지만
어쩔수 없이 벌어지는 일들이 있지!

예를들면 고딩때 친구 조봉필군은....
조봉필군(가명, 당시 고3)

보통사람보다 이마가 엄청 좁았지!
엄청좁은이마
으헤헤!

뭐 ~ 사람
생김새야
다 제각각이니까....
그럴 수 있지!
하지만
봉필이는
그것 때문에...

야!
너 왜 머리가
이렇게 길어?
아!
그게요....

당시 우리고등학교의 두발 규정은 앞머리가
눈썹에 닿으면 안되는 것이었거든!
봉필이의 머리 길이는
다른 애들에 비하면 짧은 것이었지만....

결국,

잘리고 말았지!
녀석은 그 후 내내 남들보다 훨씬
짧은 머리로 학교를 다녀야 했어!

야!
너 머리
파마했어?
파마한 게 아니고요
곱슬머리예요!!
※잠시 캐릭터
모자 벗자!-_-0
페리는 매학년
올라갈 때마다
곱슬머리 인증을
해야했고....
야!
너 머리
염색했어?
저 원래
머리색이 갈색이에요!
삐번 녀석은 유난히
갈색빛 도는 머리색
때문에 매번 염색한거
아니냐는 얘길 들었지.

뭐 이런
경우들이
있지만
...
그 중에서
제일은
...
?

바로 나다!
뚜둥
내가 갑이지!
허억!

니덜이 알어?
유명연예인과 이름이같은 사람의 고난을....
이름 : 원 빈(3?세)

어렸을 때는 그저 흔히 하는 이름 갖고 장난치는 게 다였지만,

그분(?)이 데뷔한 이후 모든 게 달라졌지!

우리과에
'원빈' 있더라!
ㅋㅋㅋ
그 땅콩오빠?

어머!
진짜 이름이
원빈이야?
어...
이름이
'원 빈?'
아하~
아니야!
아니야!
저기....
이름멋져요
좋겠어요!
에이

크우오오오오오오오!

아부지,
왜 제 이름을
이렇게 지어 가지고!
왜 그러셨어요!!

니 이름 지을 때만 해도
원빈이 없었으니까....

아들아!!
예?
원빈을
뛰어넘어라!
뛰어넘긴
뭘 뛰어
넘어요!
이미
얼굴로
완패.

으헝으헝
진정해! 그러게 왜 '아저씨'를 보자고 해서....
내가 원빈이라니!
니 덜은 모를거야! 이맘!
이름 바꿀거야! 으헝
왜저러냐?
요번에 소개팅 나간거..
꽝났나 보다!

추억(-▽-ㆁ)은 방울방울

그리고 또 다른 소개팅....

인연은 그렇게 찾아온다!

스마트형 인간
<부제 : 부기의 회사 이야기>

야! 니가
스마트폰 가지고
깨작대니까
우리부장님
생각난다.

그러니까 스마트폰
거의 처음 나왔을 때,
신제품 매니아인
부장님이....

뭐?

딱! 스마트폰을 장만한거야!!

지금 몇 시나 됐나?
우아! 호부장님 스마트폰 사셨네요!

뭐~요즘 트렌드 좀 따라가 주려면 스마트폰 정도는 써 줘야지!
우와! 역시 젊은감각
딸랑딸랑
부장님 짱!
이제서야 스마트폰을 쓰시다니… 덜덜덜

응? 어플?
어플 좀 많이
깔아셨어요?

풉~ 젊은 친구가 이렇게
지식이 짧아서야....
이 폰은 「어플」 게 아니고
「애×」 거라고....
헉! 레알 진심
모르시는 것 같다!
역시....
어린친구라...
풉!

부장님, 혹시
앱스토어라고....
아~ 애프터스쿨!
나는
카라팬이라서....
됐네!
크크크

그리고 또 얼마 있다가....

그러니까 이 스마트폰을 장만하고 생활이 확~ 달라졌다고나 할까!! 이거 물건이야! 물건!!
신기한게 아주아주 많다고!
우와! 부장님 스마트폰 멋져요!
와아~

자네도 유행에 뒤처지지 않고 제대로 일하려면 이렇게 최신 스마트폰 정도는 써줘야지. 안그런가?
특히 자네는 지켜보고 있어!
아! 예 부장님
부장님께 찍힌 벅기씨

하루 종일 스마트폰을 사용해서 손에 불이 난다는 부장님!

그리고 다시 얼마 지나지 않아....

남자라면 투폰이지
그렇죠! 남자라면!
이런일이 있었지 킄킄킄!

진짜 스마트하게 살아야지!

(너무 심하게) 스마트폰이랑 '퓨전' 하지 말아요!

납량 특집(같지 않은 특집)

저는 영화 보는 것을 굉장히(×10000) 좋아합니다.

워낙에 잡식성이라
거의 모든 장르를 가리지 않고 보는데 . . . .

단 하나, 잘 보지 못하는 장르영화가 있는데,
그건....

바로 '사지절단 피칠갑 하드고어'물!

정말 보고싶은 공포영화(사지절단 하드고어물 제외)는 나중에 DVD로, 완전 환한 대낮에 볼륨 줄여 놓고 보기는 합니다 -_-a … 만 거의 보지않습니다.

물론 그렇게 된 사연이 있습니다.

•

•

•

•

•

같은 반에 정태(가명)라는 친구가 있었는데,
녀석은 아이들과 별로 친하지 않았어요.

저도 정태랑 그리 친한 편은 아니었는데
어느 날 집에 같이 가게 되면서 가까워지게 되었습니다.

그래서 가게 된 정태네 집.

우리 집보다 두 배가 훨씬 넘는 정태네 집은
TV에서만 보던 그런 으리으리한 집이었습니다.

게다가 보고싶던 만화책이며
처음 보는 장난감들이 무더기로 똿!
이래저래 신기한 게 가득해서
시간가는 줄 몰랐죠!

그렇게 놀고 있는데....

정태를 따라 방에 들어가니
창문에는 두꺼운 암막커튼이 쳐 있고
책장에는 온갖잡지와 비디오테이프들이 가득했습니다.

어린 나이에도 그 규모에 놀랐고,
뭔가 방 안 한 가득 뿜어져 나오는 포스에 또 한번 놀랐습니다!

그리고 정태가
틀어 준 영화는....

엄청나게 잔인한 영화였습니다!

무슨 코믹영화나 만화 같은 걸
볼 줄 알았는데, 이건 뭐
창자로 줄넘기하고.... 덜덜덜....

그때부터 모든 게 공포였습니다.
어두컴컴한 방, 처음 접한 하드고어 무비!

집에간다고 말하고 싶었지만,
별별 상상이 다돼서 꿀 먹은 벙어리처럼
앉아만 있었죠!

유난히 창백한 녀석의얼굴까지!
모든게 공포였습니다.

그러다 결정적 한 방!

녀석이 가져온 시뻘건 음료!!!!

뚜둥!

헉!
저...저진...
피...
피...

이... 이렇게
죽... 는 건가?

정태야!
오늘 잘 놀았다!
어?
이거.... 마시고....

그 날 가방도 매지 못하고 손에 쥔채
집까지 쉬지 않고 달려갔죠.
아무튼 그 후로 전 '공포영화',
특히 잔인한 하드고어 영화를 보지 못하게
되었습니다 (엄청난 트라우마 >~<)

한동안 녀석과는 서먹해졌지만
우리 다시 금방 친해졌습니다.
나중에 토마토주스 이야기는 제가
생각해도 많이 웃겼습니다.
영화마니아인 아버지 덕에 일찍 눈을 뜬(?)
녀석은 제게 영화이야기를 많이 해줬어요.

나중에서야 알았지만 정태가 보여준 영화는 단순 '하드고어'
영화라기보다는 '스플래터' 영화에 가까운 것이었습니다.

★ 스플래터 무비 - 피와 흐트러진 살점들이 난무하는 영화.
하지만 공포스러운 느낌보다는 과장된 잔인함으로
코믹스러운 느낌을 주는 영화. ex) 이블데드, 데드얼라이브 등

덧붙임
참, 정태는 정상적으로 잘 자라서
(아직도 영화에 죽고 영화에 사는) 나쁜짓을 하지않는
※특히 하드고어+슬래쉬무비.
어른이 되었어요!
저 이상하게 안 컸어요! 해치지 않아요!
야! 페리야 이번에 죽이는 영화 개봉했다! 보러가자!
안봐! 그만 좀 죽여!
너 때문에 난 공포영화도 못봐!

햇살 반짝이던
그 여름,

"빗속을 헤엄치는
물고기처럼...."

"이제
비를 그냥
맞아도
괜찮아—"

"이런 마음으로, 자유롭게"

그렇게 가을,
빨갛게 두근두근

가을,

덥지도 춥지도 않은 지금,

너무 뜨겁지도 너무 차갑지도 않게,

#3

이렇게 많은 별을 본 적이 언제였던가?

Dreams 1

꿈은 어디까지 유효한가요?
꿈의 완성은 무엇인가요?

꿈은....
언제까지 유효한가요?

좋아하는 게 뭐예요?

음....
만화랑 영화랑 음악이요!

꿈은 뭐예요?

음.... 만화 그려서 돈 벌면
글 쓰고 글 써서 돈 벌면
밴드해서 노래부르고....

. . . .
하나만 해도 될까말까 하는데
그러면 안돼죠.
. . . . .
왜.... 그러면 안돼요?
. . . .
끗끗....
어른은 그러면
안돼요!

1998년의 끝자락

밀레니엄 어쩌구 저쩌구 세계멸망
카운트다운 이러쿵저러쿵하던 시절,
전 홍대의 한 라이브클럽에서
노래를 하고 있었습니다.

학교 동생을 꼬셔서 어쿠스틱 공연을 하고 있었는데,

학교 다니면서 매주 공연하는 일이 버거웠던 N군이
그만두는 바람에 홀로 붕 떠버리고 말았죠.
(사실 N군의 마음 이해가요! -ㅅ-o)

베이스, 드럼을 구해서 제대로 된
밴드를 해보려는 꿈에 부풀었던 저는,

'급' 좌절하고 맙니다!

그때 형들이 나타났죠.

클럽에서 같은 날 공연하던 밴드형들이었는데
마침 보컬이 나가서 같이 해보지 않겠냐고....

(맨날등장하는) 상상BGM : 리베라소년합창단
"쌍투스"

드디어 나도
밴드를....
헉! 잘못 골랐나...?
뭐...뭐냐?
추우우우우-

예, 밴드를 하고 싶다는 꿈은 아주 오래전부터
꾸고있었는데 (멤버가 없고, 이런저런 사정들로) 계속 못하고 있었던 제게 드디어!

「진짜밴드」를 할수 있는 기회가 온것입니다!

언제부터
할까요! 형님들!
깜짝!
깜짝

내…내일부터
나..나와~
예!

그날 전철타고 홍대에서
성내(지금은 잠실나루역)까지
가는 동안 심장이 얼마나
쿵쾅대던지....

전철역에서 집까지 오는
그 짧은 밤길도....

낡고 오래된 내 작은 방까지도
쿵쿵쿵 가슴뛰는 소리로 가득찼습니다!

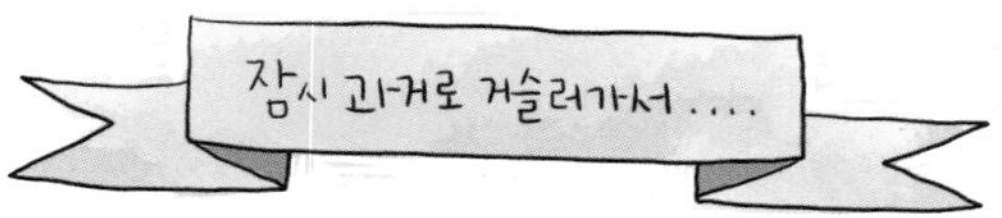

제가 처음 락음악을 접하게 된것은
초딩 6학년 끝 무렵이었습니다.

작은형이 언젠가부터 뭔 이상한 노래를 틀어 놓고 듣는데
도대체 노래같지도 않고 시끄러워서 미치겠는 거예요.

당시 우리 집은 14평짜리 작은아파트에
방하나를 세준 상태(⊙ㅅ⊙)였기때문에
형이 음악을 들으면 저는 그냥 자동으로 들어야했어요.
(한방에 우르르, ex) 우리는 3형제 -ㅅ-)

막내인 제게 선택권 같은 것은 없었습니다.
그냥 '닥치고 리슨' :◎◎...◎◎: 이었죠!!!!

그렇게 매일 투덜거리며 (원하진 않았지만) 옆에 찡겨
음악을 듣던 어느날,

나도 모르게 '어떤' 음악이 듣고싶어서
테이프를 들었는데....

내가 그렇게나 싫어하던,
작은형이 매일같이 듣던 바로 그 락음악이었습니다!

그때 제가 처음 접한 밴드가 Queen 이었고
작은형이 미친듯이 들어서
어느샌가 저도 물들어 버린 음반이
'A Night at the Oprea' 였습니다.

저는 그렇게 「락」의 세계와 만나게 되었습니다.

그 후로 늘 마음 한쪽 구석에서 키우던
락밴드의 꿈이.
십 몇 년의 시간을 달려서....

막 이루어지려던 순간....

가을하늘
하늘도 좋고
바람도 좋다—

Dreams 2

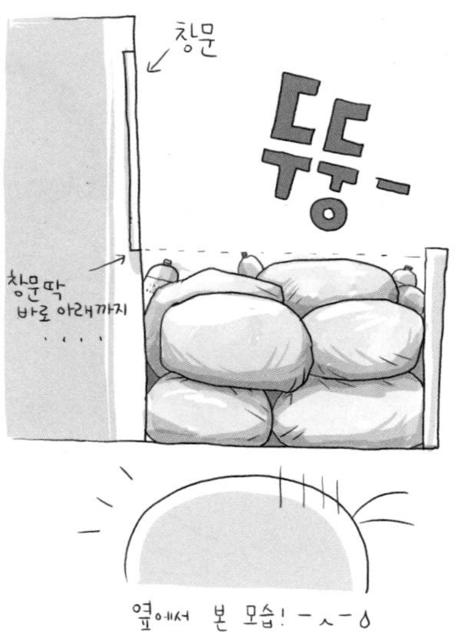
창문
두둥-
창문딱
바로 아래까지
····
옆에서 본 모습! -ㅅ-;

이... 이것은....

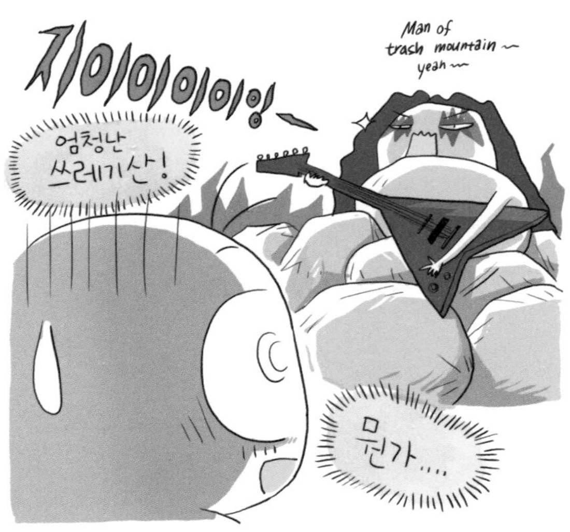
지이이이이이잉~
Man of trash mountain ~ yeah ~
엄청난 쓰레기산!
뭔가….

락앤롤스러워!
쓰레기랑 락앤롤이랑 뭔 상관이냐!
TAMA

쓰레기산(?)마저도 가슴뛰게 만들었던
락앤롤의 힘! (-ㅅ-δ)

합주실에 들어가기도 전에 쓰레기산부터 만났지만
그런 것은 아무 상관 없었습니다.

문을 열고 들어간 합주실은....아!

정말 멋졌습니다.
머... 멋지다!
멋져!

생활하는 방
스튜디오처럼 분리된 합주실,
와아!

엄청 대단한 합주실이었냐고요?
아니요, 성수동 공장지역 카센터 위에
불법증축으로 지어진 가건물이었고요,
다 낡은 2층침대, 스펀지 나온 낡은소파,
뜯어지고 낡아서 남루한 바닥 카페트
찬바람이 숭숭 들어오는 부실부실 창문,
석유냄새 폴폴 풍기는 오래된 등유난로까지.

그런데,

그 안에 형들이 연주하는 소리가
가득차니 그냥 너무 좋은 거예요.

혹시 그런 느낌 알아요?

뭐랄까, 늘 생각하고 바라만 보던 그 꿈 안으로

들어간 느낌 말이에요.

뭐가 이루어진 것도 아니고
그저 오랫동안 동경하던 것에 가까이,
그것도 아주 '조금 가까이' 다가간 것 뿐인데
이렇게 가슴 뛰고 행복할 수 있구나
느꼈습니다.

그리고 대망의 첫번째 합주날!

아아…. 첫번째 합주!
기쁨의 아크로바틱으로
노래로 부르고 있는데….

갑자기 합주실 안에 먹구름이….

저는 아직 형들하고 친해지지도 못한 상태라
뭐라 말도 못하고 안절부절.

결국 그날 합주실의 전기밥솥이 운명을 달리했고,
전 이제 망했다고 생각했습니다.

불과 며칠 사이에 오르락내리락,
그날 집에 가는 길에 발걸음이 얼마나 무거웠던지....

다음날, 인사라도 해야지 하고 간
합주실에는 ....

형들이 겁나 화기애애하게
라면을 먹고 있었습니다. -ㅛ-;

그리고 한달 정도 연습한 뒤
드디어 첫번째 오디션을 보게 되는데....
(그 사이 베이스멤버가 바뀌고 키보드가 합류!)

"내 삶의 연주, 꿈의 연주"

Dreams 3

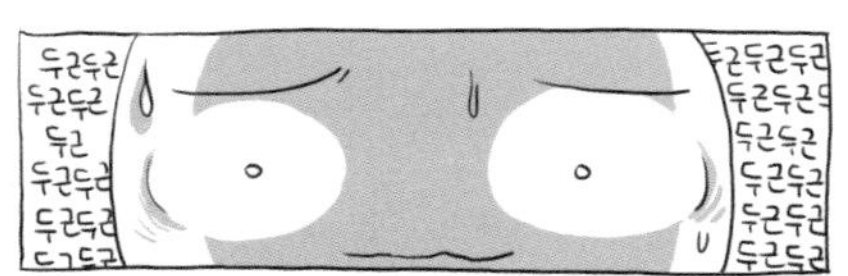

드디어 보게 된 첫 오디션,
대학로의 모 클럽

두근

두근

두근

두근

쿵

쿵

쿵

기타소리, 베이스소리, 드럼소리에
제 가슴뛰는 소리까지 섞여서
어떻게 했는지도 모르게 노래했습니다.

오디션이 끝난 뒤....

하하하 아니죠!
오늘은 그냥....
그... 그른가?
그렇죠!
그렇지?
그렇게 할 거 아니지?
클럽관계자
옷도 그런거 입고 할거 아니지?
머리도
....

그렇습니다!
그 당시 저희 밴드는 모범생 타입 -ㅅ-;

그래서, 변화를 주기로 결정했습니다!

그 첫번째가 바로....

염색 (-ㅅ-o)

모두 검은머리였던 우리는
일단 염색부터 하자!로 의견통일.

저부터 스타트를 끊었습니다.

그날 작업실 근처 미용실(당시 미장원-ㅅ-o)
- 성수동공장지대위치 - 에 간 저는....

※ 잠시 머리카락 있는 버전으로 변신,
당시 머리가 꽤 길었음!

이… 색…?
이 빨간 수건색?
미…미친나?
깜짝
완전시뻘건 초울트라
빨간색!

예! 저
빨간색이요!
한방에
갑니다!
이색이라니!
이 색히!
미친거 아냐?
저런색은….
….덜덜덜
비장
동네미장원
02-000-0808

그때 미장원 사장님의 표정이 아직도 기억나요.

'이런색깔은 한번도 해본적 없단 말이야!!'

딱 이런 말이 얼굴에 쓰여 있었습니다 -ㅅ-a

약품도 한참 찾고.... -ㅅ-a
준비하시는 내내 얼굴에는 불안감이....

아무튼 염색에 들어가고
머리에 뒤집어 쓴걸 풀렀는데....

지상최고의 초특급 고추장 빨간색이....

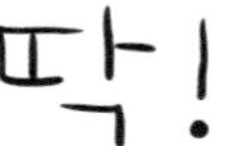

그날 전철에서 사람들은 나를 피했고,

이틀 동안 머리 감지 말라던 사장님의 말씀은 접어 두고
폭풍 머리 감기를 시전했습니다 -ㅅ-0

그리고 다음날 합주실

기타 치던 필형님은 청록색,
드럼 치던 웅형님은 노란색,
나는 빨간색.

신호등밴드가 탄생했습니다! ㅠㅅㅠ

이게 아니었다고!

원래 우리가 원했던 색은 이게 아니었지만
돈이 없던 터라 가격이 싼 미장원에서 하니
느무느무 진한 "**원색**"이!!

하지만 다행스럽게 서서히 물이 빠져서
나중에는 자연스럽게 됐습니다!

AND

오디션 합격!

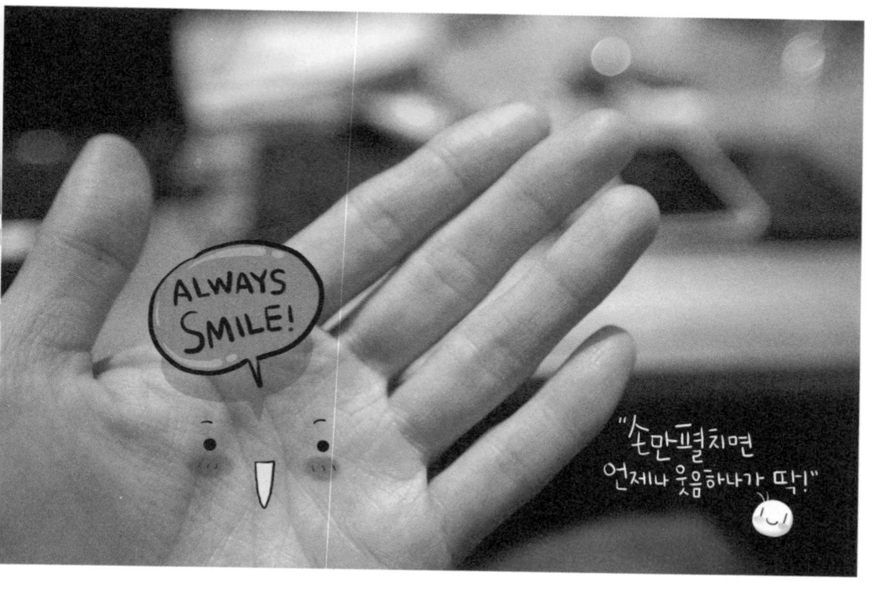
ALWAYS SMILE!
"손만 펼치면
언제나 웃음 하나가 딱!"

Dreams 4

성공적인(?) 머리염색 후
공연 의상을 장만해야 했는데....

이태원, 동대문을 돌아서 산 옷이....

나는 쫄 표범티(만화로는 귀염버전이지만
실제로 카... 카리스마... -ㅅ-o) 뱀바지,

형들도,

얼룩말 바지, 호랑이 바지,
(써놓고 보니 어감이... 아! 귀여운거 아니예요 ㅠㅅㅠ)

그들.....정글의 품에 안기다....

인증사진

지금 생각해 보면 손발이 오그라들지만
아무튼 트렌드를 한 발, 아니 열 발 앞선(-ㅅ-;)
패션파괴정신과 비쥬얼 대폭발(?-ㅅ-;)로
(신호등 발광으로 상대방의 정신을 혼미하게 만드는)
저희는 대학로 모클럽에서 공연하고
행사 같은 것도 하게 되고 그랬습니다.

그렇게 우리는 밴드생활을 했습니다.

지금은 단종된 모경차에
성인 5명이 타고,
기타, 베이스 기타, 드럼심벌,
키보드까지 꽉꽉 싣고 다녔습니다.

그 작은 차에 그 많은 짐을
싣는 게 언제나 신기했습니다.

이태원 모클럽에 공연을 갔는데
보고 있는 사람이 죄다 외국인이었던
난감+100 상황!

영어 발음 겁나 안 좋은 1인.
게다가 전부 영어노래!

우리가 하던 레퍼토리 중에
오지오스본 것이 있었는데,
노래만 계속 할수 없어서
큰 맘 먹고 살짝 얘기 나누려고
말을 꺼냈다가

아무도 알아듣질 못해 ㅠㅅㅠ 좌절!

그때 저 멀리 클럽지배인님의
한줄기 도움으로
살아난적도 있고.

무슨 청소년 락페스티벌이라고 해서 갔는데
전혀 다른 분위기였던 동네 주말장 -ㅅ-
같은 곳이었던 적도 있었습니다.
(트로트를 불러도 안 먹힐)

형! 그냥 갈까?
여기서 어떻게 해?
받은 돈 다 썼다!
그냥 하자!
작업실 월세랑 밥값....
으아아아아아아아아~~~~
동네바자회
잔치
미스터 크라울리~
크레이지 트레인~
어우~ 뭐야?
미쳤나?

그렇게 공연하고

돈 없어서 매일 두끼 라면먹고

아르바이트로 간신히 생활했지만
즐거웠어요.

예, 힘든 일도 많았지만
행복했습니다.

저희밴드의 마지막 공연은
12/25일 크리스마스 공연이었습니다.

마지막 공연이 끝나고 집으로 가는 길,
일부러 내려야 할 전철역 한 정거장 앞에서 내려
한강다리를 걸어서 건너 갔습니다.

그날, 그 다리 위, 쌩쌩 불어오는
차가운 겨울바람때문이었는지 눈물이 났는데
슬픈 눈물은 아니었습니다.

결국 안 이루어졌잖아!
뭐… 그렇지
괜한 시간 낭비했네?
아니.
그 덕분에
지금 이렇게 있으니까.
뭐? 니가 하는 일은
음악이랑 전혀
상관없잖아!
매번 꿈만 꾸다
끝났는데,
그때 꿈에….

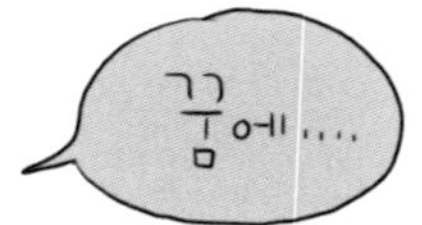

꿈은 잊어버리는 것도 아니고
잃어버리는 것도 아니며
자신에게 외면당해지는 것임을
기억해주기 바랍니다.

1999년 12월 마지막 공연
그리고 10년뒤,
2009년 11월 럽툰공연,

2014년,
꿈꾸던대로 모두 모여서 하지는 못했지만
아직도 꿈꾸는 중.

ing

"꿈꾸던 것들이
빨리 이루어지지 않는다고
너무 화내지 말아요."

"계속해서 꿈꾸며
걸어 나가면
모두 이루어질 거예요."

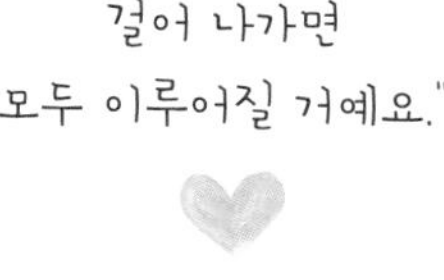

다잘될거야
꼭!

친구들

그래서 도착한
근처의 멀티플렉스 영화관!

집 근처에 멀티플렉스가 생기고 처음 가본 날,
어찌나 놀랍고 신기하던지....

왠지 (　　)에 민감해지는 페리씨 -_-o 였다.

아무튼 표를 끊고 들어가려는 그 때....!

입구가 하나뿐인거야!
(원래 상상했던 것은 작은 입구가 여러 개)

들어가보니 각각의 상영관 입구는 지키는 사람도 없고....
영화가 끝나면 혼잡한 틈을 이용해서 다른상영관에 가면 ....
영화를 하루종일 공짜로 볼 수 있겠다!
생각하게 된 거지. (이런 그지 마인드 -_-;)

영화 상영 내내 이런 생각에
정작 표 끊어서 들어간 곳에서는
대강대강 영화를 보는데....

훗~
영화끝났네,
뭐 대강봤지만~
나중에 또 와서
보면되지!
CAST
감독 김양수
이철
탐이부
마인드C
우렌사
dolby

이제
슬슬 다음
영화보러
가볼까나!
비타민
쓱쓱

고객님,
출구는 앞쪽에
있습니다
헉!
와글
나…
나가는 문이
앞.. 쪽에…

안돼!
이럴순없어!
들어왔던
뒤... 뒤쪽은
....

꾸
예! 고객님
출구는 앞쪽에
마련돼 있습니다
하하
그... 그렇군요!
그렇죠

꾸꾸
화장실은
나가시면
오른쪽에 딱!
있습니다!
와...
화장실은...

아아아
안녕 나의 공짜 영화들….
안녕히 가세요
고갱님!
무슨 생각을
하신 건가요?
지금 생각하니까
좀 웃긴다.
아놔! 이자식
바보 아냐!!
멀티플렉스가 바보야?
응응?
하하하하
뭐야! 완전
바보!!!
이건 뭐
….
꺄르르르

황당한 얘기도, 웃기는 얘기도,
친구들이라 괜찮아!

그때 그 시절,

마법의빨강테이블
어느밤인가? 춥지도덥지도
않은그밤에빨간
테이블앞에
앉아 편지
를썼습니다
수신인이
없는편지
가끔당신이
행복했으면
좋겠다는이야
기를적었는데
쓰다보니어느새
내가행복해졌어요

과욕

"정신 차려! 어차피 더 들 수도 없잖나!"

고민날아갑니다

슈우우우우우

우우우우우

"고민은 홀짝 마시고
얼른 털어버리자!"

새로운 계절

"나무가 이제.... 앙상하게
가지만 남았어"
나의 한숨에 완두콩이 말했다.
"네가 가진 것들을 털어내지 못하면
넌 새로운 계절을 맞을 수 없을 거야"

작은 잎 하나로도 따뜻해질 수 있길....

가을 하늘 좋다

"가을, 하늘도 좋고 바람도 좋아요.
금방 지나가니 마음껏 보고, 마음껏 느껴요."

"가을 밤 거리, 춥지도 덥지도 않은 지금,
이 황금빛 골목에서 잠시 쉬어 가요, 우리."

그리고 겨울,
폭신폭신 하게 두근두근

겨울,

지금 내리기 시작하는 눈,
겨울 밤바다, 조용히 부서지는 파도,
내 마음속에서 새어 나온 두근두근 작은 입김.

#4

잊는다는 건

모든 것을 잊고 싶다

그렇지.
무언가를 '잊는다는 건'
그렇게 쉬운 일이 아니지.

나의 계절

완두콩이 대답하길,
"아직 네 마음이 거기 있으니까...."

잊지않게,
편지해!
기분좋아져라

내가 살아갈 집

저는 요즘 집을 알아보러 다니고 있습니다.

밤새 일하고 나와서 150Km를 달려 집을 보고 있어요.

개인적인 사정으로 이사 가야 하는 지역이
딱 정해지는 바람에
고를 수 있는 그런 처지가 아니어서
여기저기 발로 뛰는 수밖에는 없습니다.
그리고....

다들 그렇듯 이런 문제도!
ㅠ ㅅ ㅠ

또 이사갈 지역에 사는
지인들에게 수차례 물어보고,
방문해서 얘기를 듣고 그랬습니다.

여기서 신기한 공통점 하나를 발견했는데....

모두 자기네 동네로 이사 오라는 것 =ㅅ=

그런데 저도 그러더라고요! -ㅅ-ㅇ
(일명 이사와 바이러스!!!)

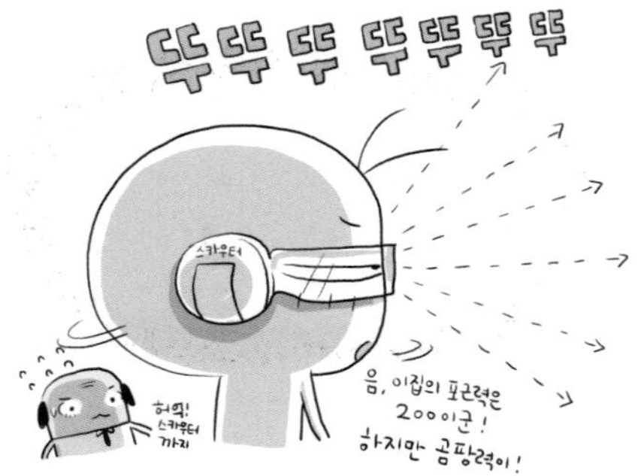

집 보러 가서는 매의 눈으로 관찰.

이런저런 사항도 체크! 또 체크!!!

아무튼

이렇게 집을 보고 오면 몸은 완전 파김치.

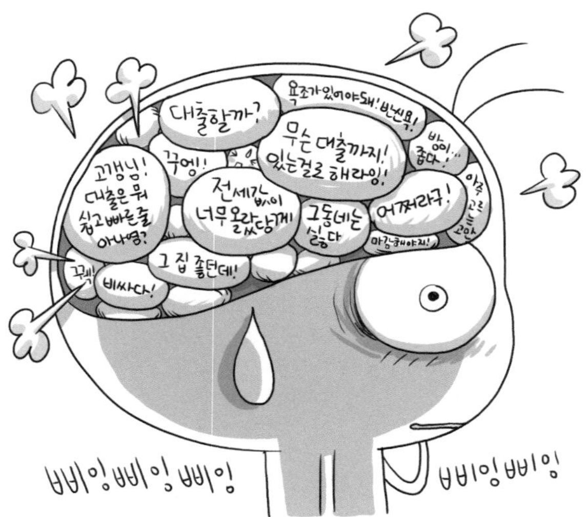

머릿속은 생각이 많아서 파김치!

싸고 질좋은 쇠고기가(잘) 없듯.

싸고 좋은 집도 없었습니다.
(있어도 이미 누가 살고 있는듯!)

아니, 난 2년이나 거기 살아야 하고 매일 일하고 쉬고 잠자고 그래야 해서 좀 잘 알아보고, 물어보고, 꼼꼼히 뜯어보고, 생각해보고....

이상 없는지....

쓸 수 있는 시간을 최대한 써서 좀더 나한테 맞는 최선을 찾아볼거야!

힘들잖아! 부동산하고 집주인이 다 해주겠지!!! 문제 있으면 나중에 다 고쳐주고....

웅자 있는것도 부동산에서는 다 괜찮다 하잖아

그 사람들은 그렇게 얘기하지만,
내가 살 집이니 내가 알아봐야지.
그리고
도장 찍으면 끝이지 뭐!
그 전에 알아볼 만큼
알아봐야 하는거
아니겠어?
화르
르르

집 보러 계속 다닙니다!
내가 '살아갈 집'이라서 잘, 계속 볼 겁니다.
'에이씨, 꽝났구먼' 하고 포기하지 않고
계속 지켜보려고 합니다.

그리고
도장 찍었다고 끝난 게 아닙니다.
계속 쳐다보고 계속 관심 갖고 계속 이야기하며
살아야죠!
내가, 우리가 살 집이니까요.

나를 대신해 줄 수 있는 사람

"네 설거지 대신 해주는 사람 없다.
알맹이만 빼먹으려 하지마."

영덕 후 이야기

* 이번에 새로나오는 스타워즈시리즈 블루레이

아니옵니다!
무엇이 필요하시옵니까?
굽신 굽신
피자라지와
맥주 무한제공을
하도록 하여라!
후후후

요즘같은 불경기에....
무한제공은 좀....
집더하기의 세계맥주 페스티발
두세트 정도로....
콜!
그래! 좋다.
바로 내일!
그때까지 포스가
함께 하길!

님도
포스 만땅 하길!

우하하하하하
(상상) BGM : 스타워즈 테마

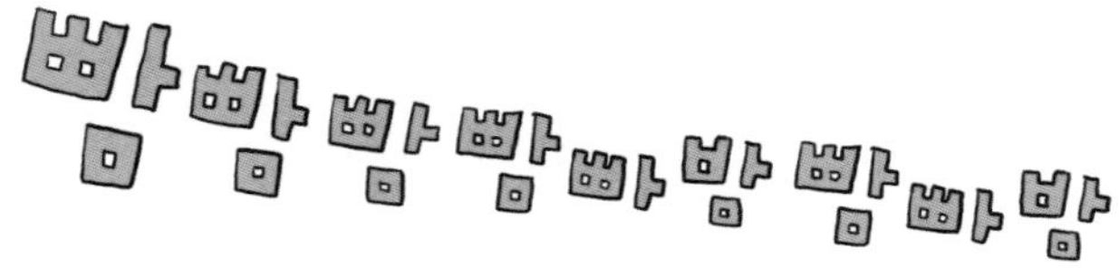
빰 빰 빰 빰빠밤 빰빠밤

예에에에에!

우리가 이러는거, 나잇값 못한다고
얘기하는 사람도 있지만....

특수효과
본격, 영덕후의 탄생!

언제부터였나요?
음, 그러니까,
단성사였나 피카디리였나,
'피라미드의 공포'라는
영화를 보러가면서
티셔츠를 받으려면 아침일찍
나갔던 그때....?

제가 초딩이었던 시절

지금은 멀티플렉스로 바뀌었지만
그때는 모두 단관극장이었죠.

영화 제목은 (한국제목) "피라미드의 공포"였고
제가 극장에서 본
첫번째 대형 특수효과 헐리웃영화였습니다.

일부러 아침일찍 — 당시에는 1회(조조) 관객들에게
영화기념품(영화제목과 간단한 이미지가 프린팅된
품질조악한 티셔츠나 팜플렛)을 선물로 주곤했죠 —
티셔츠 받으려고 갔던 기억이 납니다.

이쯤에서 잠깐!

심지어는 며칠 전에 생일이었음. -ㅅ-ㅇ

(머리도 안 좋으면서) 까먹지도 않고 잘도 먹음 -ㅅ-ㅇ

다시 만화로 돌아가서....

엄청나게 커다란 스크린 위에 펼쳐진
헐리웃의 특수효과(당시에는 놀라운)가
초딩이었던 제게는
정말 쑈킹한 일이었어요.

그때 가장 충격적이던 장면은
스테인드 글라스에서 튀어나온 기사였는데,
이 장면이 얼마나 머리에 박혔는지

한동안 창문만 보면
뭔가 튀어나올것 같았습니다.
(이때부터 본격 상상꾸러기 입문)

그 어린시절의 두근거림은

BACK TO THE FUTURE

빽 투더 퓨처와 ....
(2000년 되면 진심 날아다닐줄 알았음묘! -ㅅ-)
(아직도 차가 못날아.... ㅠㅅㅠ)

TERMINATOR 2

터미네이터 2를 거치면서,
영화 보는 것 자체에 대한 애정으로 발전했습니다.
(물론 그 사이에는 정말 많은 영화들이 있었죠!)

이때부터 장르를 가리지 않고
영화를 보기 시작했고(하드고어, 공포물 제외!)
영화가 재미도 주지만,

위로도 해 준다는 것을 알게 되었습니다.

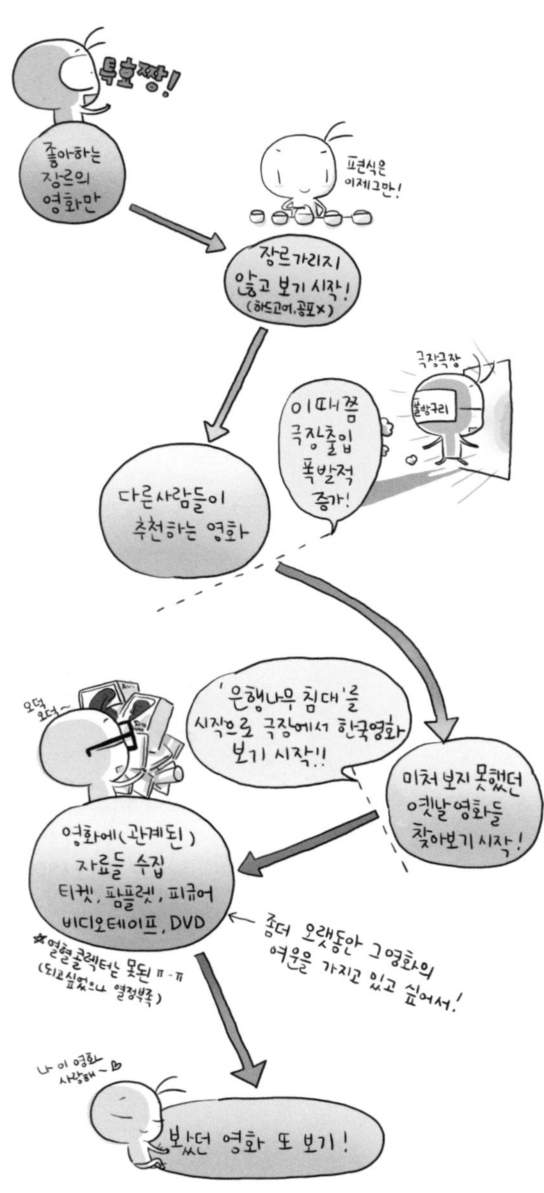

페리의 영화보기 변천사
특효짱!
좋아하는 장르의 영화만
편식은 이제그만!
장르가리지 않고 보기 시작! (하드고어, 공포X)
극장극장
이때쯤 극장출입 폭발적 증가!
다른사람들이 추천하는 영화
'은행나무 침대'를 시작으로 극장에서 한국영화 보기 시작!!
미처 보지 못했던 옛날영화들 찾아보기 시작!
오덕 오덕~
영화에(관계된) 자료들 수집 티켓, 팜플렛, 피규어 비디오테이프, DVD
좀더 오랫동안 그영화의 여운을 가지고 있고 싶어서!
☆열혈콜렉터는 못된 ㅠ-ㅠ (되고싶었으나 열정부족)
나 이 영화 사랑해~♡
봤던 영화 또 보기!

슬플 때 더 슬픈 영화로 위로받아 고맙고,

그때 그 눈이
왜 그렇게 반짝이며 내렸는지
알게 해줘서 좋았고,

편생 가보지 못할
판도라도 구경시켜주고,

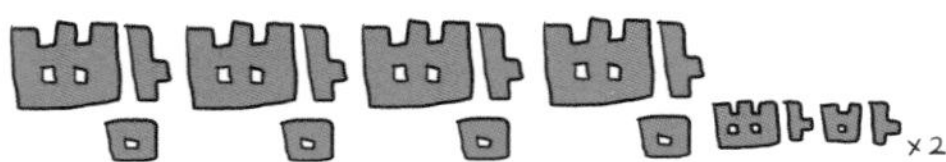

포스로 우울을 이겨내게 도와주는....

(라이트) 영덕후의 삶,
나름 괜춘합니다!
하하하!

"(한)영덕후, 같이 하실래예?"

오늘은
상큼하고
달달한 일들만
팍!

심플라이프

요즘 제 머릿속이랑 마음은 이렇습니다.

이사 때문에 집 구하는 것부터 시작해서
여러가지 일들이 마구 겹쳐서(진짜 많은)
그 복잡하기가 부평지하상가(길을 잃어버렸지 ㅠㅅㅠ)와
맞먹는 그런 상태입니다.

통장에는 잘도 스쳐가더만

머릿속으로 들어온 생각은 나갈 줄 모르네요.

지금도 머리 크고 다리 짧은
2등신 캐릭인데,
이대로 가다가는 혹성탈출
화성인이 될지 몰라!
꿀꺽-
오징어가
되는 건가?
넌 지금도 오징어야!
영화 '아저씨'
봤지?

그래! 단순하게 살 필요가 있어!
심플라이프! 그것이 필요하다!
너 이놈
단순하게
좀 맞아봐!
빡-

매번 이렇게 복잡해질때면
예전 미술학원 다닐 때가 생각납니다.

중형 석고 중에 '아리아스'라는 석고가 있습니다.

소형석고 3인방(아그리파, 비너스, 줄리앙)을
그리고 나면 요 아리아스라는 중형석고를
그리게 되는데....

제가 처음 아리아스를 그렸던 그 때.

엄청 설레였죠. 정말 그리고 싶던 석고였거든요.

하지만 좌절!

이 석고는 엄청나게 복잡한
헤어스타일을 하고 있습니다.

< 참고 사진 >

그리고

그리고

그려도 매번 실패했습니다.
아무리 그려도
완성하지 못했어요.

딱 이런 느낌이었습니다.

나름 석고소묘 좀 한다고
한껏 들떠 있던 때였는데(소형 3인방 넘어가서)
아리아스의 벽은 엄청나게
높게만 느껴졌습니다!

그때 절 가르쳐주던
선생님의 한마디!

야!
다 그리지마!
예?

다 그릴 수 있을것 같지?
다 그리는거 아니다.
백가닥이 보이면 열가닥만,
열가닥이 보이면 한가닥만 그려.
너 그거
다 그리려고 하면
평생 완성
못한다!

어쨌든 다 그려야
완성되잖아요

뺄줄 알아야 나중에 더할 수 있거든
한가닥 그릴 줄 알게되면 열가닥도 그릴수 있고
열가닥 그릴 수 있게되면 백가닥도 그릴 수 있어.
너는 한가닥도 못그리는데 백가닥을 그리고
있으니 복잡하기만 하고 그럴지 무시.

선생님의 말에 망치로 머리를 얻어맞은
기분이 들었습니다.

예, 지금도 그러고 있습니다.

정신없다, 복잡하다, 어지럽다 하면서
뭔가 계속 '더' 하고 있는 거예요.

몇가지 것들은 정말 아무리 걱정하고
아무리 계획한다 해도 제가
어쩔 수 없는 것들인데....

다 끌어안고 한꺼번에 푼다고
끙끙대고 있는 겁니다.

'단순'이 필요한 순간이 있습니다.
그럴 때는 '빼야'합니다.
그래야 나중에 더할 수 있어요.
자꾸 잊어버려서 이렇게 정기적으로
상기시켜 줘야 해요.

일 년을 마무리하는 12월,
일 년 동안 쌓인 이야기들,
일 년 동안 엉킨 실타래들,

조금은 덜어 낼 때가 된 것 같아요.
당분간 빼셈 좀 해야 겠습니다.

"웃어요"

"거리 어디에서나,
내 삶 어느 곳에서나 웃음 찾기!"

자동 해결의 꿈

며느리도 아닌놈이 괜시리 명절이면 지치는 이상한 페리.

원래 명절이라고
모두 다 즐겁고
그런건 아니다!
까딱
까딱

야!

잊고싶다잊고싶다잊고싶다잊고싶다
잊고싶다잊고싶다 잊고싶다잊고싶다
잊고싶다잊고싶다잊고싶다잊고싶다
그 사이에 우리 잊은 건 아니겠지?
후후
꿀꺽

그리하여 시작된 '이런 게 있었으면 좋겠어요!'
(망상 ㅡㅅㅡ; 특집)

이름하여 '바로싱크세척대'
그릇을 싱크대에 넣기만 하면 자동으로
설거지를 해주는 그런 싱크대!!
애벌세척? 적은 그릇수? 그런 거 상관없이
그릇을 싱크대에 넣는 순간....

바로 설거지가 되는 그런 싱크대.

그리고
독립형 청소기.
그게 뭐야!
무서워!!

먼지나 기타 오염이 발생하면
자동으로 달려가서 청소를 하는 녀석이지!
쌩—
위이이이이잉!

뭐야! 그냥
로봇청소기잖아!
그건 지금도 있는
거라고!
아니! 달라,
이녀석은
....

이녀석은 스스로
걸레를 빨고, 청소통을 비운다!
빨래빨래
레질
레질

그건 그냥
로봇이잖아!
임마!
먼지가
쌓일
틈이
없다구!
우헤헤
트랜스포머를
얼마나
처봤길래….

그리고 빨래하고 완전 잘 말려 준 다음
정리하는 것까지 원스탑으로 해주는 세탁기.

띵!
재료만
넣으면
자동으로 해준다!
자동요리제조기!
아! 아! 아!
자동세차... 아니 샤워장치!
자주 등장하는
(상상) BGM : 리베라 소년 합창단 "쌍투스"

자동
자동
자동
자동
자동
자동
자동
자동
자동
자동
……
우헤헤
우와~ 다돼있다!
ㅋㅋㅋ
꼼지락
꼼지락

" 어린 놈이, 아니 어리지도 않은 놈이 꿈을 꾸었구나. "

살림하는 이 세상 모든 주부님들을 진심으로 리스펙트!

느낌표 한 스푼, 커피 한 잔!

비타민 한 알, 레몬차 한 잔!

이런 기분

명절, 집에 잘 다녀왔어요.

작업실에 돌아오니
반갑지 않은 녀석들이 반겨주었지만....

전 로봇이 없어서
몸으로 때워야 하죠!

폭풍정리의 시간을 마치고....

조 용 ~~~~

조용 ~~~~~~

조용~~~~~~

명절 잘 보내고
마지막 날
왜 이러니....
이런 기분, 옳지않아!
그래!
즐겁게 티비나 보자!
꾹

큭큭큭!
왁자지껄

재미없네!
까르르
꾹!

시끌벅적하던 주위가 조용해진 순간,

모든 게 다 완벽하다고, 완벽했다고 생각한 순간,

갑자기 외로워졌어요.

어렸을 적에는 명절이 싫었습니다.
몇몇의 관계가 엉켜서
큰소리가 나고 감정이 다치는 게 싫었어요.
건강하지 못한 제 상태도
늘 스트레스였습니다.

평범한 날들이 깨지는 게 싫었어요.
상처주는 사람들이 미웠고
그걸 피할 수 없는 어린아이인 제가 싫었습니다.

빨리 어른이 되고 싶었습니다

그리고
그토록 바라던 어른이 된 지금,
싫은 것은 피할수 있는 자유가 생겼고,
상처는 많이 아물었습니다.

많이 좋아졌어요.
예, 많이 둥글둥글해지고,
모든 게 나아졌습니다.

몇가지 힘들었던 것을 보내고
외로움을 받았습니다.

그렇게 어른이 되었습니다.

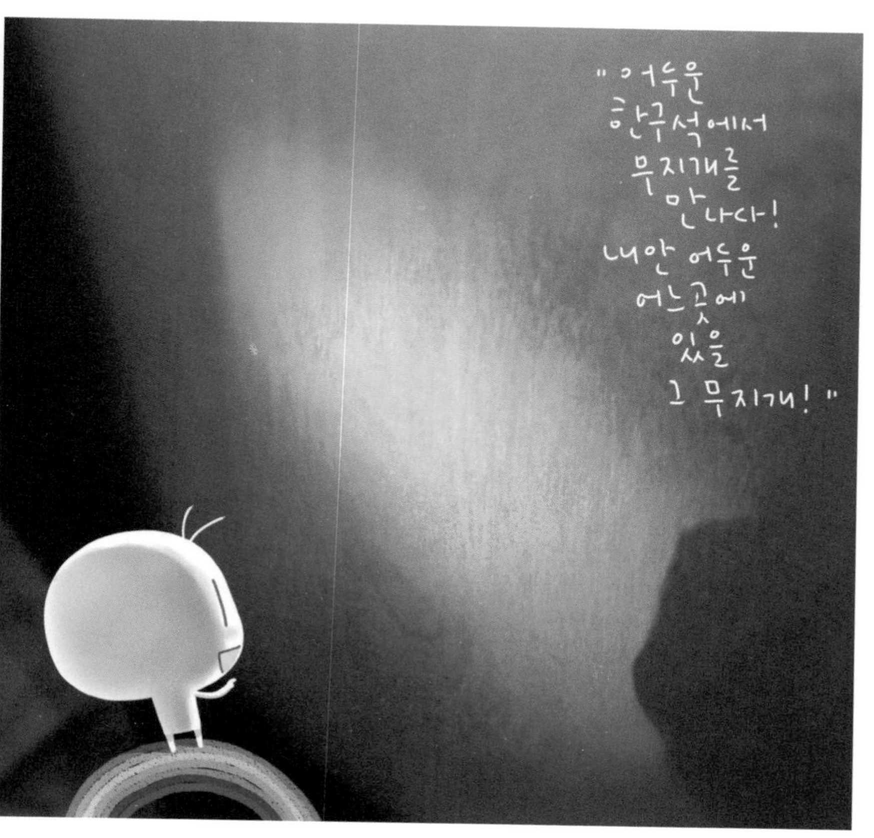
"어두운
한구석에서
무지개를
만나다!
내안 어두운
어느곳에
있을
그 무지개!"

한 번만

이번 '한 번만'
도와주세요

제발,
이번 '한 번만'
도와주세요

정말!
이번 '한번만'
도와주세요!

이번만!
정말 '한 번만'
'한번만'....

그러고 보니
언제나 거짓말을 하고 있었네

"나에게 어울리지 않는 색이라서
더 갖고싶디ㅡ"

함께 걸어가요

불빛을 따라 걸어가요.

나의 색을 찾아 걸어가요.

내게 어울리지 않는 색이라 하더라도

나의 색이라고 생각하며

용기를 내 걸어가요.

당신의 색을, 당신의 불빛을 따라 걸어가요.

우리 동네 외로운 개 한마리

늦여름부터 가을까지

우리 동네에 밤마다
짖어대는 개 한마리가 있었습니다.

그 개는 우리집 위층 아저씨가 길에서
헤매던 녀석을 아파트 녹지에
데려다 놓은 녀석이었어요.
(거의 스스로 따라온것과 다름없는, 그리고
녀석은 그곳에만 있지 않고 동네를 돌아다녔습니다)

키운다기 보다 그냥 불쌍해 보여서
아저씨가 녀석에게 밥도 주고 그랬더니
녀석이 아주 눌러 앉은 거예요.

녀석은 꼬질꼬질한 모습을 하고
우리 아파트 계단 위까지 올라오곤 했는데,
늦은 밤에 집에 들어오다
여러 번 깜짝깜짝 놀랐습니다.

녀석은 밤이 되면 아저씨를 찾듯이
그렇게 짖어댔습니다.

동네사람들은 시끄럽다고 소리를 질렀죠.
직접 녀석을 쫓으러 간 사람도 있었습니다.

밤에 일하는 저도 녀석이 짖어대는 소리가
참 신경쓰이고 짜증나고 그랬습니다.
하지만 언제가 밤에....

우리집 4층계단까지 올라온 녀석.

흰털을 가지고 있지만 그 털 색깔이
흰색이 아닌 꼬질꼬질 대걸레같았던 녀석
꼬리를 흔들며 웃고 있는 것 같았지만
녀석은 외로워 보였어요.

제가 녀석을 부르자 친하지도 않았던 녀석이
꼬리를 흔들며
발밑으로 다가와서는 몸을 부비는데....
뭔가 가슴 한쪽이 울컥하더라고요.

얼마쯤 녀석을 보다가 "이제 내려가"
하고 얘기를 하니까,
신기하게도 조용히 내려가는 꼬질이.
아마도 떠돌며 그 정도 눈치쯤은
생긴 게 아닌가 싶었습니다.

어두운 계단 밑으로 조용히 내려가는
녀석의 모습이,
어둠 속으로 사라지는 녀석의 모습이
더 외롭게 보였습니다.

외로운 눈빛을 지닌,
외로운 몸짓을 하는 동네 떠돌이개,
녀석은 또 밤새 짖어댈테고
동네 누군가는 신고하겠죠.

우리 동네에 떠돌이개가 밤마다 짖어대서
못 살겠으니 좀 잡아가라고....

외로운 눈빛을 지닌 개라....
녀석이 잡혀가거나 어딘가로 떠나가서
동네가 조용해지면
그 밤, 계단에서의 그 녀석의 눈빛이
생각날 것 같습니다.

그리고 . . . . 겨울

겨울이 되고 이제 그녀석은
동네에 없습니다.
윗집아저씨가 이사를 가고나자 신기하게도
녀석도 어디론가 떠나버렸어요.

윗집 아저씨는 정기적인 일을 하시지 못했고
술을 꽤 많이 드셨고
식구들과도 (그리좋지 않은 관계로)
같이 살지 않았습니다.

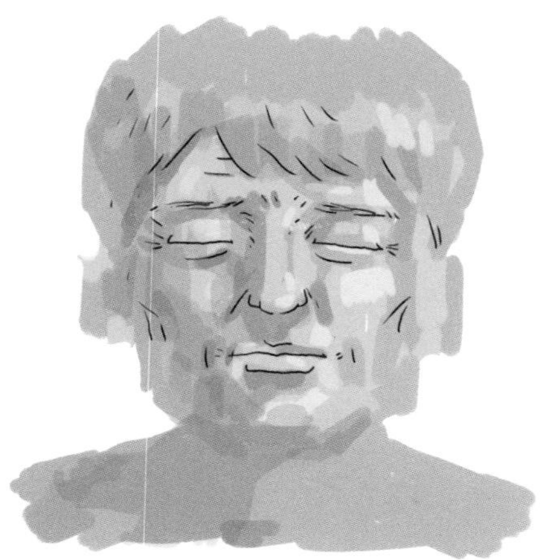

그래서 그 녀석에게
더 정을 주신 건지 모르겠어요.

그리고 거리를 떠돌던 그 녀석도
자기에게 정을 준 그 아저씨를
특별하게 느낀 것 같아요.

사람이건 짐승이건
외로움은 견디기 힘든 것 같습니다.

그래서
서로 바라보고
얘기하고
함께하나봅니다.

겨울 밤, 그 녀석이 살던 꼬질꼬질한 개집이며
주인잃은 밥그릇을 보니
외로운 눈빛을가진,
흰색 털을 가졌지만 하얀색이 아닌,
그녀석이 생각납니다.

"외로우니까 사람이라는 말이 있지만
그래도 당신,
너무 오래 외로워하지 말아요."

돌다리

두드려보자!

두드리고....

두드리고....

하염없이 두드린다.

언제까지 두드리고만 있을 거야?

강력한 한 방

"큰거 한 방 아니어도 괜찮아,
안타도 괜찮고 번트도 괜찮아.
파울도 괜찮고 아웃도 괜찮아.

주저하지 말고,
너무 걱정하지 말고,
욕심 먼저 내지 말고!"

"에너지를 드립니다!"
HOT!
HOT!
지이이잉—

시원한 세상

차갑지만 그래도 겁나게 시원한 세상

차가운 파랑 말고
시원한 파랑

웃는당신이 좋아요 따뜻한웃음한잔권하는당신이
좋아요 손흔들며웃는당신이좋아요 오랫동안웃음하나
잃지않는 당신이 좋아요

웃고, 또 웃고, 한 번 더 웃고!

잊은 마음, 버린 마음

"그 마음을 넣어 두는 것보다 더 중요한 건,
얼마나 자주 열어보는 서랍에 넣어 두었느냐는 거야.
평생 열지 않는 곳에 넣어 둔다면
그건 잊은 마음이고, 버린 마음이란다"

눈이오면불편해지는것투성이인나이가돼버렸지만
그래도눈이오면아직도즐겁고즐거워—
폴짝!
LOVE

상자 1

하하하하!
그런데....
너....

외롭지?
....

상자 2

나 가 볼 까 ?

상자 3

완벽하게 나오기란….?

이제그만걸어나와야지

길을 잃지 않게 해줄게!

봄되면
또
겨울기다리겠지?
그래도 봄!!
와라!

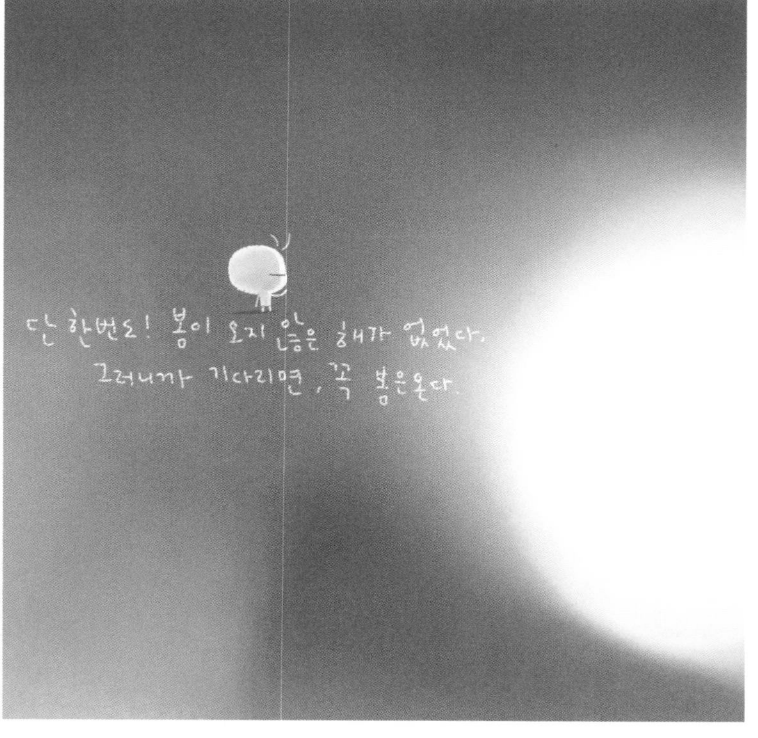
단 한번도! 봄이 오지 않은 해가 없었다.
그러니까 기다리면, 꼭 봄은 온다.

2002년부터 2014년까지, 그리고 ing_ 지금까지 응원해주는 뻔쩜넷식구들
존경하고 좋아하는 만화가, 작가님들, 가족들, 친구들, 넥서스출판사, 바다출판사, 청하출판사, 살림출판사, 대교출판사, 트리즈컴퍼니, 케이코믹스, 삼성생명, 다날
법무법인강호, KAKAO, 미디어 다음 만화속세상, 펠로우스튜디오, 커피방앗간
커피별녹색잔, 소격동37번지, 공공장소, 그문화, 합정동+삼청동+광화문 스타벅스
삼청동 달씨마켓, & June

NIKON D7000 NIKKOR ASUS, FUJI X100S, SIGMA 30mm 1.4, 20mm 1.8 80mm 1.4, SIGMA 70-200mm 2.8, WACOM CINTIQ 21, ATIV, IPHONE,

두근 두근두근
두근두근

봄, 그리고 이제 다시 시작